よろず占い処　陰陽屋猫たたり

天野頌子

ポプラ文庫ピュアフル

JN267064

もくじ

よろず占い処

陰陽屋猫たたり

第一話

崖っぷちの恋占い

一

今年も八月がやってきた。

海、山、すいか、花火大会にかき氷。わくわくとドキドキに満ちあふれた輝かしい夏休み。

――で、あるはずなのだが。

沢崎《さわざき》瞬太《しゅんた》は今日も都立飛鳥《あすか》高校二年二組の教室で、机につっぷしている。毎年恒例の補習授業だ。

「おい、沢崎、授業終わったぞ。今日の昼飯《ひるめし》どうする？」

同級生の江本《えもと》直希《なおき》に肩をゆすられ、瞬太は重いまぶたを少しだけもちあげた。

「あー、今日もよく寝た……」

「そんな調子で追試は大丈夫なのか？　おれが言うのも何だけどさ、おまえマジに危ないんだろ？」

瞬太は八月末の追試で再び赤点をとったら、一年生に戻されることになっているのだ。

ちなみに江本は二年連続しての補習仲間である。

「んー、そうなんだけど……」

瞬太は手の甲でまぶたをこすった。窓の外のミンミンゼミがうるさい。

そうだ、あの日もやっぱり蝉《せみ》がうるさくないていた。


あれは夏休み直前のことだった。

「おれが好きなのは三井《みつい》だし……」

瞬太の口からぽろりとこぼれ落ちた言葉に、同じクラスの三井春菜《はるな》は、大きな瞳をしばたたいた。

しまった、と、思ったが、もう遅い。

偶然二人きりになってしまった放課後の教室が凍りつく。

かっと頭に血がのぼり、心臓が破裂しそうな勢いでとびはねている。

きっと耳はふかふかの狐耳になっている。自慢じゃないが、化けギツネである瞬太の耳は、普通の人間よりもはるかに遠くの物音を聞くことができるのだ。なのに、さっきまであんなにうるさかったはずの蟬の声が聞こえない。

「な、何でもない……！」

瞬太はわたわたとかばんをかかえて、教室からとびだそうとした。

「待って！」

背後から制服のシャツをつかまれたのを感じ、一瞬ためらう。

「逃げないで……」

「別に逃げるわけじゃ……えっと、そう、バイトに……」

瞬太はごにょごにょと言いわけする。

「ごめん、でも、去年の文化祭の時も……」

そうだ、あの時も自分が化けギツネだと三井に告白した後、段ボールの迷路から逃げ出して、後夜祭もさぼったのだった。

ここでまた逃げたら、いつも言い逃げする奴だと三井に思われてしまう。

瞬太は覚悟を決めて、振り返った。

三井の瞳がゆらゆらゆれている。

「あの……」

呼び止めたものの、三井も言葉が見つからないのか、目をふせた。

「あの、あたし、沢崎君のことは、大好きなんだけど……でも……」

「…………」

日本語って難しい。好きって言われるより大好きって言われる方ががっかりなのはなぜだろう。

「あたし、好きな人がいるの……」

答えはわかっていたけど、はっきり言われると、目の前が真っ暗になる。

からからに乾いた口からすべりだしたのは、最悪の一言だった。

「……祥明《しょうめい》？」

安倍《あべ》祥明。瞬太のアルバイト先である陰陽屋《おんみょうや》の店主の名だ。

三井は何も答えない。

でも「違う」の答えがないということは、その通りだということだ。

何よりも、顔が、耳が、首が、みるみる真っ赤に染まっていく。

聞かなきゃよかった。

今日は後悔してばかりだ。

本当におれってバカだな！

「気がついてた……？」

「何となく……」

「そう……」

三井と逆に、瞬太の顔からはどんどん血の気がひいていく。指先がおそろしく冷たい。

変だな、外はあんなに太陽がまぶしくて、積乱雲が高くて、どう見ても真夏なのに。

「いつから……？」

重そうな雲のてっぺんを見ながら瞬太は尋ねた。

ああ、また、余計なことを聞いている。

「えっと……はじめて店長さんのことを意識したのは、狐の行列の時かな。あたしが王子《おうじ》稲荷《いなり》の階段から落ちて足首をくじいた時、抱え上げてもらったんだけど……ふわって身体《からだ》が地面から浮いて、きれいな冬の星空が目にはいって、ほんの少し煙草《たばこ》のにおいがして……店長さんの素敵な笑顔に時間が止まったの。ああ、大人の男の人なんだって」

三井が足首をくじいたのは中学三年の狐の行列の時である。

そうだ、祥明は振《ふ》り袖《そで》を着た三井をお姫さまだっこして沢崎家まで運んだのだ。

あの時自分は、三井の草履《ぞうり》を持って、二人の後をついて歩いたんだっけ……。

「そんなに前から……」

「その時は、まだ、はっきり好きって思ってたわけじゃないの。ただ、あたしが迷ってる時や困ってる時は、いつも的確なアドバイスをくれるし、励ましてくれたり、すごく頼りになって……優しい人だなって、いつもまぶしく感じてた」

くそ、祥明は口先だけはうまいんだ。

……でも三井が悩んでいることを知っていても、右往左往してばかりで何もできない自分よりは全然ましか。

それどころか、何かと瞬太をかまいすぎる両親が、狐の行列や学校行事に顔をだすせいで、三井の寂しさに拍車をかけたことが何度もある。

「携帯の待ち受けを店長さんの写真にしてたのも、好きっていうより、ご利益目当てっていうか……。自分でも、ただ、あこがれてるだけだって思ってた」

そうだ、一年以上前から待ち受けが祥明なのは知っていた。あの頃から、何となくおかしいって、うすうす感じてはいたんだ。

　でも三井の本当の気持ちを知るのが怖くて、成績アップのご利益があるんだという建前《たてまえ》を信じようとしていた。

「でも、去年の冬休み、パパのスキーとママの登山のどちらの計画をとるか、板挟みで困ってた時、店長さん言ったでしょ？　来年の冬は、あたしはもう王子にいないかもしれないって」

　これが親子そろって迎える最後の正月になるかもしれないのだから、後悔のないようにしろ、と、祥明は両親に迫ったのだった。もちろん仮定の話だ。

「覚えてるよ。三井はみんなと狐の行列を歩きたいから、スキーにも登山にも行かないって決めたんだよね」

「あの時、はじめて、はっきりと自覚したの。あたしは、もしこれが王子での最後のお正月になるんだったら、店長さんと狐の行列を歩きたい、って……」

「そうだったんだ……」

　何だよ、それ。

　みんなとじゃなかったのか。

寒くて苦しくて息ができない。

でも不思議と涙はでない。

「……祥明には言わないの？」

まただ。

そんなこと聞いてどうするんだよ。

わかっているのに、自分で自分を止められない。

「うん。店長さんにとって、あたしは、いっぱいいるお客さんの一人にすぎないってこと、わかってるから」

三井も夏空にむかって、ささやくように答える。

「そう……かな？」

「そうだよ」

見ないでもわかる。

きっと三井は、寂しそうな笑顔だ。

「ずっとこのままでいいの？」

「わからない」

「もしも祥明がいなかったら、おれのこと好きになってた?」

三井が答えるまで、少し間があいた。

「……わからないよ」

「そうだよね」

その後、ずっと瞬太は雲を見ていた。

もこもこの積乱雲がいくつもつながっている。

いつの間にか三井の姿は教室から消えていた。


「なんでいろいろ三井に聞いちゃったんだろ。自分がつらくなるだけなのに。おれって本当にバカだよな……」

瞬太は上海亭《シャンハイてい》の冷やしラーメンにむかって、しみじみとため息をついた。幸い今日も混雑しているし、テレビからはにぎやかな甲子園《こうしえん》の中継が流れているので、周囲のお客さんになさけない愚痴《ぐち》を聞かれる心配はない。

陰陽屋の筆頭常連客である江美子《えみこ》も、注文をとったり料理を運んだり、大忙しである。

「おまえの気持ちはよくわかるよ。ずっと宙ぶらりんでもやもやしてたから、いろいろはっきりさせたかったんだろ」

むかいの席でチャーハンをほおばりながら、江本が重々しくうなずいた。

「おかげでいろいろすっきりしたんじゃないか？」

「すっきりって言うか、がっかりって言うか……」

瞬太はもう一度ため息をついてから、冷やしラーメンの麺をすすった。

ちなみに冷やしラーメンは今年の新作メニューで、しょうゆラーメンを冷やしたものに近い。冷やし中華よりあっさりした薄味で、きゅうり、なると、ワカメ、半熟玉子にメンマがトッピングされている。

「毎日三井の顔を教室で見るのもつらいし、一年生に戻った方が気楽かなって思うんだ。それともいっそ、高校やめちゃおうかな……」

江本は、わかるわかる、と、うなずく。

「失恋した直後って、もう、何もかもどうでもいいって気分になるもんな」

「うん……本当はうちで一日中寝ていたいくらいなんだけど、父さんと母さんが心配するだろうし、結局学校で寝てるしかないんだよな」

瞬太は半熟玉子をれんげですくいながら、三度目のため息をついた。心は絶望の海をただよっているのに、不思議と食欲だけはなくならないのだ。

「で、陰陽屋さんのアルバイトには行ってるの？」

「うん、他に行くとこもないし……」

去年は午前中の補習が終わった後、三井が部活にいそしんでいる陶芸室をのぞきに行っていたものだが、さすがに今年は気まずくてできない。結局、陰陽屋へ行くしかないのだ。

だめだめな夏休みである。

二

東京都北区《きた》の森下《もりした》通りは、ＪＲ王子駅の音無《おとなし》親水公園口から王子稲荷神社をつなぐ、昔ながらの商店街だ。

炎天下、わずかな日陰をたよりに、だらだら歩いて陰陽屋にたどりつく。

雑居ビルの暗く狭い階段をおり、黒いドアをあけると、ひんやりした空気が流れてきた。お香と古い書物のほのかなにおい。

提灯《ちょうちん》だけがたよりの暗い空間に人の気配はない。いわゆる開店休業状態である。さすがにこの暑い中、占いやお祓《はら》いに来る客はほとんどいないのだ。

瞬太は狭い店内をすたすたと横切ると、几帳《きちょう》でかくしてあるドアをあけた。

店の奥の休憩室では、今日も店主がベッドに寝そべって本を読んでいた。

長い黒髪に、銀縁の眼鏡《めがね》。整った顔立ちに長い手足。

仕事着の白い狩衣《かりぎぬ》と藍青《らんせい》の指貫《さしぬき》に着替えてはいるが、片方の肘《ひじ》を枕につき、片方の膝をたてて、すっかりくつろぎモードである。

だらけきった格好なのに、それなりにさまになっていて、瞬太は心の中でムッとする。

チェッ、いいよな、背が高くて顔のいい男は。

自分でもただの八つ当たりだとわかっているので、ぐっと飲み込む。

「今日もお客さん全然来ないの？　うちもサマーバーゲンやってみたら？　お守り三割引とかさ」

瞬太は童水干《わらべすいかん》に着替えながら尋ねた。それから瞳が金色で、三角の狐耳とふさふさの尻尾《しっぽ》をもつ、化けギツネの姿になる。

「何かの本に書いてあったが、二月と八月は客が入らないものらしい。じたばたするだけ無駄なのさ」

「バイト代は大丈夫なんだろうな？」

「さあな。とりあえずおまえは勉強しろ」

祥明は本に目を落としたまま、けだるげに答えた。

三井の、いや、お客さんの前でだけ、ビシッとしてるんだよな。

瞬太は不満げに口をとがらせると、机の上に置かれたノートをひらいた。今週は漢字の書き取り特訓である。

「おまえみたいに頭の悪い狐は、ひたすら手を動かして漢字を身体で覚えろ」

「わかってるよ」

正直面倒臭いが、手を動かしていないと眠ってしまうのも事実だ。いや、手を動かしていても眠気は着々と忍びよってくる。

「お客さんが来るまでの辛抱だ。真面目《まじめ》にやれよ」

「うう」

……でももしも今日、一人もお客さんが来なかったら、このまま閉店時間まで勉強させられるのだろうか。

プリンのばあちゃんこと仲条《なかじょう》 律子《りつこ》は昨日来たばっかりだし、母のみどりは夜勤だ。三時頃にあらわれる確率が一番高いのは上海亭の江美子だが、お店がかなり忙しそうだったから今日は来ないかもしれない。

どれくらい時間がたっただろう。何度も祥明にたたき起こされながら、鉛筆をのろのろと動かしていると、聞き覚えのない靴音が近づいてきた。

「お客さんだ！」

がばっと顔をあげ、椅子からとびおりると、黄色い提灯をつかんで店の入り口にむかった。

ドアをあけて階段を見上げると、道路にだした黒い看板のお品書きを三十代後半の女性がのぞきこんでいる。

瞬太は急いで階段をかけあがった。

貴重な今日一人目のお客さんを逃がしてなるものか。

「お客さん、陰陽屋は初めて？」

「はい……あ、その耳、もしかして瞬太君？」

「うん」

「あたしは王子中央病院の主任ナースの園田万里子《そのだまりこ》よ。お母さんの沢崎師長にはいつもお世話になっています」

「えっ、こちらこそ」

瞬太はびっくりして、頭をぺこりとさげた。

母の職場である王子中央病院には、以前、祥明と一緒にラップ音の調査とお祓いに行ったことがある。その時に会った大勢のナースのうちの一人だろう。

そう言われてみれば、指先から消毒薬のにおいがする。Tシャツの袖《そで》からのぞく上腕には筋肉ががっちりついているし、今は髪をおろしているけど、ふだんはアップにしているらしい癖がついている。はきはきした口調に、頼りになりそうな感じのいい笑顔。いかにもしっかり者のベテランナースといった雰囲気だ。しかも美人である。

「それで主任さんがどうして陰陽屋へ？　もしかしてまた病院で何か怪奇現象でもあったの？」

「ううん。今日は個人的なことで」

「お祓い？　それとも祈禱《きとう》とか？」

「占いにしようかなと……」

万里子はちょっと口ごもりながら言った。

「もしかして恋占いですか？」

「えっ」

急に階段の下から声がしたので、万里子は驚いて振り返った。

「いらっしゃいませ、陰陽屋へようこそ」

なかなか瞬太が店に戻って来ないので、しびれをきらした祥明が様子を見にきたらしい。つい一分前までベッドでだらだらしていたとは思えないほど、さわやかな表情である。よく長い髪に寝癖がつかないものだ。狩衣にもしわ一つない。

「どうぞ中におはいりください。お話をうかがいましょう」

「……はい」

万里子は一瞬ためらった後、意を決したようにうなずき、暗い店内に足を踏み入れた。

瞬太が冷たい麦茶をお盆にのせてはこんでいくと、祥明と万里子は、店の奥にあるテーブル席についていた。

「どうして恋占いだってわかったんですか？」

万里子が不思議そうに尋ねると、祥明は万里子の左手に手をのばした。

「このブレスレットに使われているピンクの石は、ローズクォーツですよね。別名ラブストーン。恋愛運を上昇させるパワーストーンで、恋する女性に大変人気があります」

「えっ……！」

万里子は恥ずかしそうに、右手でパッと左手首を握り、ブレスレットを隠した。どうやら大当たりだったらしい。

「万里子さんは色白なのでよくお似合いですよ」

元ホストの祥明はまったく照れることなく、さらりと女性をほめる。

「え、そんなことは……」

謙遜しながらも、万里子は嬉しそうだ。右手で頬をおさえながら、笑みをうかべる。

「それでは占いにあたって、相手の方のことを教えていただけますか？」

「……実は、先月から骨折で入院している患者さんなんです。ナースが患者さんに特別な感情を持つのは、もちろん好ましくありません。しかも年齢はあたしより三つも年下。その上、離婚調停中とはいえ、奥さんがいるんです」

万里子はきゅっと唇の端をひきむすんだ。

「それで、自分の気持ちを告げるべきか迷っているんですね？」

「はい。患者さんで、年下で、結婚しているだけでも気がひけるのに、その上さらに……」

万里子はぎゅっと眉の間に深いしわをきざんだ。

その上なんだ？　子供が十人いるとかだろうか？

瞬太は固唾《かたず》をのんで次の言葉を待つ。

「その上さらに、十二星座占いでも干支《えと》占いでも血液型占いでも九星気学《きゅうせいきがく》でも画数占いでも、とにかく相性が悪いんです……！」

「は？」

さすがの祥明も、これは予想していなかったのだろう。眉を片方つり上げる。

「いきなり告白して失敗するのは怖いので、まずは相性を確認してからと思ったんです。それで、ありとあらゆる占いサイトをめぐったのですが、どの占いでもだめでした。相性最悪なんです」

「はあ」

悲嘆にくれる万里子の説明に、祥明はあたりさわりのない相づちをうつ。

「十二星座ではあたしは乙女座で、彼は牡羊座なんです。血液型はBとA」

「なるほど」

祥明は銀の扇を頬にあて、軽く首をかしげる。

「それから九星。あたしが七赤金星《しちせききんせい》で、彼は四緑木星《しろくもくせい》。相性は大凶でした」

「金と木は相克《そうこく》ですからね」

「万事その調子で、鑑定してもらった無料サイトは百をこえます。でも、どの占い方法でも結果は同じ、最悪の相性でした」

「百って……！」

思わず瞬太は驚きの声をあげてしまう。

「次こそは、次こそはって占い続けているうちに、百をこえてしまって」

「数えてたの……？」

「数えたわけじゃないけど、結果をノートにメモしてたら、百行以上になってたの想像を絶する相性の悪さと几帳面さに言葉が続かない。さすがは主任ナースである。

普通はそこまで挑戦する前に、あきらめるものじゃないのか?

「うを……」

「……」

「それは残念でしたね」

「でも、陰陽屋さんは式盤《ちょくばん》っていう道具を使う独特の占いをしてくれる、って、沢崎師長が言っていたのを思いだして……」

万里子はいきなり立ち上がると、祥明の目を、ひた、と見すえた。

「お願いです、陰陽屋さん! あたしの恋に一筋の希望をください!!」

三

「お話はわかりました。それは大変お悩みでしょう」

祥明に営業スマイルでなだめられ、万里子は我にかえったのだろう。頬を赤らめて、椅子に腰をおろす。

「すみません、つい熱くなってしまって……」

とにかく万里子は祥明の占いに一縷《いちる》の望みを託しているらしい。

「えーと、告白するかどうか迷ってるっていうことは、つまり主任さんは、今、片想い中なの？」

瞬太の問いに、万里子は自嘲気味に顔をゆがめた。

「おかしいでしょう？　いい年した大人が片想いで、告白できなくて、しかも、悩んだあげく占いに頼るなんて……」

「そ、そんなことないよ。恋愛相談に年なんて関係ないから！」

瞬太は慌《あわ》てて否定する。

「高校生の瞬太君に言われても……」

ため息まじりの万里子の左手に、祥明はそっと自分の右手を重ねた。

「万里子さんのお気持ちはよくわかります」

「でも、陰陽屋さんだってあたしにくらべれば……」

万里子は反論しようとしたが、満面の営業スマイルに封じ込められてしまう。

「五十代、六十代で恋占いにいらっしゃるお客さんは、少なくありませんよ。年齢を重ねるほど、恋にも人生にも、慎重にならざるをえないようです。仕事のこと、結婚のこと、子供のこと。しがらみがたくさんありますからね。どうしても迷いが深くなるのでしょう」

「そうなんですよ！　本当に迷うことばかりなんです！　だから占いに頼るしかなくって！」

万里子は両手で、祥明の右手をぎゅっと握りしめた。

「その上あたしは、中学生の時にも、高校生の時にも、結局片想いの相手に告白できなかった、筋金入りの臆病者なんです。ましてやこの年でなんて……」

万里子はごにょごにょと言うと、恥ずかしそうにうつむく。陰陽屋ではこんなに熱く語っているのに、いざとなると奥手らしい。

「それで、相手が万里子さんをどう思ってるかは全然わからないの？」

瞬太の質問に、万里子は、うーん、と、言いよどんだ。

「それが……退院したらぜひ一緒に食事をって誘われているから、彼もあたしのことを嫌いじゃないとは思うんだけど……。でも、ただの社交辞令かもしれないし……」

「嫌いな人をご飯には誘わないよ！」

「だといいんだけど、でも、感謝はしているけど恋愛感情はない、ってこともあるでしょ？」

「そうなのかな？」

「あたしも来年は四十の大台にのるし、迷ってる場合じゃないのよ。わかっているの。でも、下手に告白しても気まずくなるだけだし、もうちょっといい雰囲気になるまで、待ってからの方がいいんじゃないかしら、なんて、ぐるぐる考えているうちに、つい、占いサイトをめぐってしまうのよね……」

　ふうっ、と、万里子は大きなため息をつく。

　とにかく万里子が夜な夜なぐるぐるしているらしい、ということは、瞬太にもよくわかった。

「それでは式盤で占ってみますね」

　祥明はテーブルの上に式盤を置いた。

「これが式盤ですか」

　万里子ははじめて目にする式盤を興味深そうにのぞきこむ。

「ええ、もともとは中国で考案され、おそらく飛鳥時代に百済《くだら》から日本に伝わってきたものだといわれている、大変古い占いの道具です。残念ながら日本では当時のものは現存していないので、これは複製品ですが。この上にのっている丸い盤が天をあらわし、下の四角の盤が地をあらわしています。ほら、天盤の真ん中には北斗七星が描かれているでしょう？」

祥明はここぞとばかりに、とうとうとうんちくをたれる。

「なんだかミステリアスな道具ですね。他のどの占いとも違う結果がでそうな気がします……！」

「だといいのですが」

祥明はゆらゆらゆれるろうそくの炎に照らされながら、丸い天盤をからりとまわした。

「これは……」

美しい弧を描く祥明の眉がくもる。

「どうでしたか!?」

「勾陳《こうちん》、天空《てんくう》、玄武《げんぶ》……。これは見事に凶将ばかりが並びましたね」

祥明は残念そうに頭を左右にふる。

「やっぱり凶ですか……」

最後の望みも断たれてしまい、万里子はがっくりとうなだれた。

「相手の男性は白虎格《びゃっこ》ですね。白虎格の人は、才気もあり、成功をおさめる可能性もあるのですが、常に人間関係のトラブルをかかえ、事故や災難にみまわれやすい傾向があります」

「恋愛はどうですか……？」

「恋愛も家庭もトラブルが多いでしょう。現に今、離婚調停中なんですよね？」

「うっ」

万里子は顔をひきつらせた。

「離婚の原因は奥さんの方にあるのかもしれないので、一概に彼のせいとばかりは言えませんが。事故や災難はありませんか？」

「実は、骨折は事故が原因なんです……」

「ああ、骨折で入院している患者さんでしたね」

「離婚調停に骨折事故か……。祥明の占いはあたっちゃってるってこと……？」

瞬太のだめ押しに、万里子は渋い表情でうなずいた。

「占いサイトの牡羊座の項目にも似たようなことが書かれていました……。情熱的でいちずなぶん、他者とぶつかりあいやすい、と」

「まあ、白虎格であろうとなかろうと、離婚が成立していない人と付き合うのはリスクがつきものです。最悪の場合、離婚が成立しない可能性だってあります。大変残念ですが、万里子さんの気持ちは胸にしまっておく方が無難でしょう」

瞬太はびっくりした。

万里子は、口では何だかんだ言っているが、明らかに告白したがっている。こういう時、いつもなら祥明は、お客さんが喜ぶ結果をだしてあげるのだ。

だが珍しく今日は違う。誤魔化《ごまか》しようがないくらい占いの結果が悪かったのだろうか？

どうせ当たるも八卦《はっけ》、当たらぬも八卦、占いはエンターテイメントが陰陽屋のモットーなんだから、もっとワクワクドキドキするようなことを言ってあげればいいのに。崖っぷちに追いつめられている万里子に対して、律儀に正しい占い結果を伝えることないじゃないか。

この暑さで、祥明もお客さんへのサービス精神をすっかりなくしてしまったのだろうか。

「そうですか……そうですよね。やっぱり彼はやめておいた方がいいんですね。頭ではわかっているんですけど、なんだか、つい、今度こそ幸せになれるんじゃないかなんて、夢見ちゃいました」

恥ずかしそうに照れ笑いをうかべる万里子。

占いの結果にがっかりしているのは明白だ。

「大丈夫、万里子さんのように素敵な人なら、きっといいご縁がありますよ」

「だといいんですけど」

万里子は寂しそうに肩をおとして、目をふせる。

「あきらめることはないんじゃないかな……」

つい、瞬太は口をだしてしまった。

「え？」

「ひょっとしたら、明日にだって離婚が成立するかもしれないんだよね？　無理にあきらめることはないんじゃないかな？　もうちょっと待ってみたら？」

「……ありがとう」

万里子はかすかにほほえんだ。なんだか笑顔が痛々しくて、瞬太はドキッとする。

「えっと、あっ、そうだ、恋愛成就のお守りとかあるといいかも」

「お守り？」

「気休めだけど、ないよりはあった方がいいんじゃないかな？」

「そうね。じゃあ一つお願いします」

「わかりました」

祥明はにこやかに恋愛成就の護符を一枚、万里子にわたす。

万里子は立ち去り際に、黒いドアの前で、くるりと振り返った。

「あたしが来たことは沢崎師長には絶対内緒にしておいてね」

唇に人差し指をあてて、瞬太に言う。

「わかってるよ」

瞬太は重々しくうなずいた。

「ありがとうございました。またいつでもどうぞ」

祥明はいつもの営業スマイルで見送る。

黒いドアが閉まり、万里子の背中が見えなくなった瞬間、祥明の表情が一変した。

銀の扇をビシッとたたむと、瞬太を見おろす。

「キツネ君、無責任なことを。主任ナースと患者がドロドロの不倫関係になってしまったら、どうするんだ。もし職務に支障をきたすようなことにでもなれば、みどりさんにも迷惑がかかるんだぞ。万里子さん本人だって、最悪の場合、病院にいられなくなるだろう」

「うっ、そこまで考えてなかった」

祥明に威圧されて、瞬太は一歩後じさった。

「どうして、いつもそう考えなしなんだ。この頭は本当にからっぽなんだな」

祥明は閉じた扇の先で、瞬太の額をツンツンとつつく。

「ご、ごめん。でも、万里子さんには幸せになってほしいなぁって思って……」

瞬太はしょんぼりと三角の耳をふせた。

三井にふられてしまい、自分は今、日本一不幸せな人間、いや、化けギツネとなってしまったのだ。

万里子のように、告白する前にちゃんと祥明に占ってもらえばよかったのだろうか。

いや、でも、正確な誕生日がわからないのでは、相性占いすらできないだろう。

瞬太は便宜上、王子稲荷の境内《けいだい》で発見された日を誕生日ということにしているが、本当は何月何日に生まれたのか全然わからないのだ。

それにしても、あのいきあたりばったりな告白はやっぱりよくなかった、と、自分でも思う。……なんて、今さら後悔しても、どうにもならないのだが。

せめて恋に悩むお客さんには、幸せになってほしいではないか。

「幸せ？　告白してふられても不幸、仮に付き合うことになっても、泥沼の不倫で不幸だぞ。おまえが余計なことを言ったばっかりに。次の恋を探した方が百倍幸せになれると思わないのか？」

「うううっ」

容赦ない祥明の言葉が、ぐさぐさ胸につきささる。

ど、どうしよう。

瞬太は困り果てて天井を仰ぐが、さっぱり何も思い浮かばないのであった。

四

八月の夜は暑い。

しめった空気がどんよりとたれこめ、その上、蟬がうるさくないている。

瞬太はアルバイトを終えると、童水干から高校の制服に着替えて、人通りの少ない夜道をとぼとぼ歩いて帰宅する。住宅街の真ん中にある小さな二階建ての家だ。

「ただいま、ジロ」

くるりとカールした尻尾をふって出迎えてくれる、秋田犬のジロの頭をなでる。一時期、高級牛肉の食べ過ぎでムッチリと太っていたジロだが、毎日の散歩とダイエットフードでだいぶもとにもどったようだ。

「ただいま」

玄関のドアをあけると、チキンカレーのおいしそうな匂いが家中に満ちていた。

キュウウッとお腹がなる。

「おかえりなさい」

リビングから返ってきたのは母のみどりの声だ。この時間に家にいるということは、今日は日勤だったのだろう。

「ご飯の支度できてるから、着替えたらすぐにおりておいで」

料理用のエプロンをつけた吾郎《ごろう》が、廊下の向こうから顔をだす。

父の吾郎は、以前は普通のサラリーマンだったのだが、勤めていた会社が倒産したり、谷中《やなか》で一人暮らしをしている母の初江《はつえ》が倒れたりといろいろあって、今は主に家事をしながらガンプラをつくっている。最初は趣味だったのだが、ネットオークションで売れることがわかり、ちょっとした副収入源なのだ。

最近ではガンプラをつくる時は、エプロンを綿から帆布地のものに替えている。その方が気合いが入るらしい。

「あ、手も洗うんだぞ」

「はーい」

大急ぎで着替えてダイニングキッチンに行くと、食卓にはチキンカレーとサンマの南蛮漬けにワカメスープが並んでいた。吾郎はまだ青魚のＤＨＡで瞬太の成績を上げよう作戦を継続中なのである。

「父さん、九月一日がガンプラ世界選手権の応募締め切りなんだろう？　あと一ヶ月しかないんだから、こんなにいろいろ作ってくれなくてもいいんだよ。いざとなったら朝昼晩コンビニ弁当でも平気だし」

吾郎はモデラー仲間たちに誘われて、今年初めて、ガンプラの世界選手権にチャレンジすることになったのだ。

といっても、いきなり世界の舞台に立てるわけではなく、まずは日本国内で何度も予選を勝ち抜き、日本代表に選出されて初めて決勝である世界戦に進出できるらしい。ガンプラのオリンピックみたいなものだろうか。その最初の一次予選が九月一日なのである。

「そうはいかないよ、ただでさえ昼の弁当をお休みしてるんだから、せめて夜はちゃんとしたものを作らないと。ガンプラの大会は毎年あるけど、瞬太の追試に次はないからね。がんばって二年生に居残るんだぞ」

「どうせ教室では寝てるだけだし、一年生に戻っても今とたいしてかわらな……」

「だめよ！」

「何を言ってるんだ！」

瞬太が言い終わらぬうちに、みどりと吾郎が同時に声をあげた。いつもながら、ことと学校に関しては見事なチームワークである。

「父さんは落第が格好悪いなんて言うつもりはないよ。精一杯がんばって、それでも追試がだめだったら仕方がないさ。でも、最初から落ちてもいいなんて、後ろ向きな気持ちで試験をうけるのはよくないと思う」

吾郎は昔の青春ドラマにでてくる熱血教師のようなことを言った。普段なら恥ずかしくてとても口にはだせないようなセリフだが、今の吾郎には何の抵抗もないようだ。なぜなら。

「父さんだって、ガンプラ選手権で予選を突破できる自信なんてないけど、全力をつくすつもりだよ」

吾郎自身が今、青春まっさかりなのである。目はきらきらで、鼻息も荒い。

「一緒にがんばろうな、瞬太！」

「え……うん」

とても「いやだ」と言える雰囲気ではない。

追試のための勉強をがんばろうなんて気はかけらもないのだが、あいまいな笑顔でうなずいておく。

「だいいち、三井さんと一緒のクラスじゃないとつまらないでしょう？　一月には修学旅行だってあるんだし」

みどりの一言は、ついこの前までは効果てきめんだったのだが……。

瞬太の顔からすっと笑みが消える。

「それはもういいんだ。それよりこのカレーおいしそうだね」

瞬太は「いただきます！」と手をあわせると、チキンカレーを猛スピードで口にはこびはじめた。夏休み前に三井にふられたことは、まだ江本にしか言ってないのだ。

「え？」

みどりは戸惑い顔で首をかしげる。

「ぼちぼち勉強はしてるよ。祥明がうるさいし」

午前中の補習は寝てるけど、などと余計なことは言わない。どうせ両親はお見通しである。

「それならいいけど……。あ、そういえば気仙沼《けせんぬま》のおばあちゃんからホヤぼーやサブレーが届いたわよ」

「ふーん」

「……瞬太、好きよね？」

「うん。でも今カレー食べてるから、後で」

「そう」

　みどりは何か言いたそうにしたが、それ以上は追及してこず、スプーンを手にとった。

五

　翌日は午後からどしゃぶりの夕立だった。

　地下にある陰陽屋では、雨音が大きく反響するので、まるで滝の中にいるようだ。

　この雨があがるまでお客さんは来そうもないな、と、瞬太は観念して、書き取りのノートをひらいた。

　祥明は今日も狩衣のまま、ベッドで読書中である。

　のろのろと手を動かしながら、瞬太はため息をついた。

追試のことは、なるようになればいい。どうせ落第だろうし。

それよりも気にかかるのは、うっかり無責任な激励をしてしまった万里子のことだ。

あの後、万里子と骨折患者はどうなったのだろう。

祥明が言うように、泥沼にならなければいいが……。

いっそ王子中央病院まで万里子に会いに行きたいところだが、こんな時に限って風邪の気配すらない。

風呂上がりに髪をびしょびしょにしたまま、エアコンと扇風機をつけっぱなしにして寝れば、風邪をひけるだろうか？

だが、下手に熱でもだしてしまったら、それはそれで病院に行けなくなる。瞬太は体調が悪くなると、耳と目がキツネに戻ってしまうのだ。尻尾はなんとか服の中に押し込むとしても、目と耳は誤魔化すのが難しい。まったく不自由な体質である。

困ったなぁ……。

睡魔《すいま》に負けそうになっていると、階段をおりてくる靴音が聞こえてきた。雨音が邪魔だが、これは女性だ。

まさか万里子が!?

瞬太は黄色い提灯を持つと、大急ぎで入り口まで走った。

「いらっしゃい！」

はりきってあけた黒いドアのむこうに立っていたのは、おいしい匂いを全身にまとった女性だった。上海亭のおかみさん、江美子である。

「あれ、江美子さん？」

「あたしじゃだめだった？」

水滴がしたたる閉じた傘をわたしながら、江美子はニヤッと笑った。

「そ、そうじゃなくて、いつもより早いなと思って。まだ二時半だよ」

図星をさされて、瞬太は一瞬たじろぐ。

「この雨のせいでうちの店もお客さんが入らなくて、暇だから来ちゃった」

ペロリと舌をだす。

「瞬太君は何だか元気がないわね。雨は苦手なの？」

「そういうわけじゃないけど、祥明に追試の勉強させられてて……」

「あらま、大変ね」

「これは江美子さん、陰陽屋へようこそ。足もとが悪い中、よく来てくださいました」

よく通る江美子の声を聞きつけたのか、ようやく祥明が休憩室からでてきた。

「こんな憂鬱《ゆううつ》な雨の日は、陰陽屋さんに占ってもらうに限ると思って」

「光栄です。中へどうぞ」

祥明は江美子をいつものテーブル席に案内する。

結局その日、万里子はあらわれなかったのだった。

だが日曜日の夜、瞬太が家でごろごろしていると、格好の口実が転がり込んできた。

みどりは夜勤でいないのに、吾郎がイワシチャーハンを作りすぎてしまったのである。

「けっこう余ったたな。欲張って具を入れすぎちゃったたか。夜食にするかなぁ」

「お弁当箱につめてよ。おれ、母さんに届けるから」

「夜は出前ですませるからいらないって言ってたぞ」

「でも、ほら、今日のイワシチャーハン、すごくおいしくできてるし、母さんにも食べてもらいたいと思って。きっと出前のラーメンや丼物よりもおいしいし、身体にいいよ！」

瞬太は一所懸命イワシチャーハンをほめちぎった。こんな時ばかりは祥明の弁舌がうらやましい。

「そうかな？」

瞬太に絶賛されて、吾郎はすっかり気を良くしたようだ。イワシチャーハンと、ありあわせのコロッケや梅干しをいそいそと弁当箱につめてくれた。

弁当をデイパックに入れると、瞬太は急いで王子中央病院にむかった。

日曜の夜なので、正面玄関ではなく脇にある通用口から中にはいる。

照明をおとした受付ロビーを通り抜け、エレベーターで五階に行く。ナースステーションですぐにみどりの姿は見つかった。真っ白なナース服と紺のカーディガンがよく似合っている。

「母さん、これ、父さんから晩ご飯の差し入れ。イワシチャーハンおいしいよ」

弁当を渡しながらさっと周囲を見わたすが、万里子はここにはいないようだ。今日の夜勤メンバーには入っていないのだろうか。

「あら、わざわざ持ってきてくれたの？」

瞬太が病院まで弁当を届けるなんて初めてなので、みどりはびっくりしながらも、ちょっと嬉しそうだ。

「うん。日曜は暇だから。じゃあ仕事がんばってね」

「え、それだけ？」

あっけにとられるみどりをおいて、瞬太は入院患者たちの病室がならぶ廊下へむかった。

キツネの嗅覚を全開にして、ゆっくり歩きながら万里子を捜す。

……いた！

この病室から万里子の匂いがする。

開けっ放しになっている引き戸のかげから、室内の様子をそっとうかがった。三人部屋のようだ。万里子は一番手前のベッドの患者の話を聞きながら、何かを書き込んでいる。看護記録だろうか。

「経過は順調ですね。何か気になることはありますか？」

「んー、今日のサッカーの結果かな」

「それはあたしにもわかりません」

万里子の明るくはずんだ声が聞こえてくる。よく見たら、万里子が話している相手は、右足をギプスでがっちり固定されていた。骨折患者に間違いない。

　一分ほどで万里子は病室からでてくると、引き戸を閉めた。

「万里子さん」

　廊下で待ち構えていた瞬太は、手をふった。

「えっ、瞬太君!?　どうして病院に!?」

「母さんに弁当を届けに来たんだ。……もしかして、今の人が例の？」

「しゅ、瞬太君！」

　万里子は瞬太の手首をつかんで、廊下の端までひっぱっていく。

「大丈夫だよ、誰にも言ってないから」

　瞬太は念のため周囲を見回した。大丈夫、廊下にいるのは自分たちだけだ。

「それで、告白はしたの？」

　何となく声をひそめてしまう。

「ううん、まだ」

　万里子は首を横にふった。

「最後の望みだった陰陽屋さんの占いもあんな結果だったし、やっぱりだめなのかなって。そもそも病室が三人部屋だから、二人きりになるチャンスもないし。せっかく励ましてもらったのに、不甲斐《ふがい》なくてごめんなさいね」

万里子の答えに、瞬太はほっとした。

「そうか、よかった」

「え?」

「もしふられて不幸になってたり、泥沼不倫で不幸になってたりしたら大変だって心配してたんだ」

瞬太の答えに、万里子はちょっとあきれ顔である。

「ほんの四、五日でいきなり泥沼な状況になることは普通ないんじゃない?」

「そ、そうだよね。変なこと言ってごめん。何もないならそれでいいんだ」

「ううん、心配してくれてありがとう」

ふっ、と、万里子は口もとをほころばせた。

「でも、瞬太君も、やっぱり告白はしない方がいいっていう意見にかわっちゃったのね」

万里子は少し寂しそうである。

「その……主任ナースと患者が泥沼不倫になったら、母さんが大変だろうって祥明に叱られたんだ」

瞬太がボソボソと言うと、万里子ははっとしたようだった。

「そこまで考えてなかったけど、そう言われればその通りね……。あたしが浅はかだったわ……」

うなだれる万里子を見て、慌てて瞬太は励ました。

「で、でもさ、好きって言ったからって必ず泥沼になるとは限らないよね！」

「そうよね、ふられるかもしれないものね」

「そうそう！　当たって砕けろだよ！」

「砕けるくらいなら、やっぱり言わない方がいいんじゃない……？」

「うっ」

下を向いて同時にため息をつく二人。堂々巡りである。

「ごめんね、万里子さん、おれ、何が何だかわからなくなっちゃったよ」

「安心して、あたしもだから……」

ふたたびの同時ため息が静かな廊下に重苦しくひびく。

「でもこれだけは言っとくよ。おれ、とにかく万里子さんを応援してるから。がんばって！」

「え？」

不思議そうな顔をする万里子に、瞬太は大きくうなずいたのであった。

六

その頃、陰陽屋では、いつものように祥明がだらだらとベッドに寝そべって本を読んでいた。定休日なので、てらてらした薄紫のシャツに黒パンツというホスト服である。

じわりと腹がへってきたが、まだ七時すぎだし、王子駅周辺の飲食店はどこも混雑していることだろう。この本を読み終わってからでいいか、などと思っていたら、店の入り口のドアをガンガンたたく音が聞こえてきた。

無視しようとしたが、大声で何か叫んでいるのが聞こえてきた。

「おーい、ヨシアキ、いるんだろ？　あけてくれよ！」

祥明はチッと舌打ちをして、身体をおこし、本を閉じる。

自分を本名のヨシアキでよぶ男は、おそらくあいつだ。来るなら来るで、先にメールの一本もよこせばいいのに。

暗い店内を横切って入り口にむかい、黒いドアをあける。

「おう、ヨシアキ、元気か？」

広い肩幅、太い首に、白いTシャツに紺のジーンズ。祥明の幼なじみの槙原秀行《まきはらひでゆき》である。どうもファッションセンスが独特らしく、今日のTシャツも毛筆体で朱書きの「日本の夏」だ。

「そんなにガンガンたたかないでも聞こえている。賃貸なのにドアが壊れたらどうしてくれるんだ」

「はは、すまん。もしかして寝ているかもしれないと思ったんだ。晩飯まだだろう？」

勝手にテーブル席の椅子に腰かけると、コンビニのビニール袋から冷えた缶ビールを二本とりだし、一本を祥明に渡す。つまみは鳥の唐揚げとさきイカだ。

「わざわざ王子まで来ないでも、電話でよかったのに」

祥明は槙原の向かいに腰をおろすと、缶ビールのプルタブをひっぱり、一口飲んだ。

「ちょうど講道館に用事があったから、ついでによってみた。で、おれに用って何だ？　ゴールデンウィークに頼んだお祓い料金の残りなら、このまえ振り込んだぞ？」

「祖父と連絡をとりたいんだ。母に内緒で」

「……用があるのはお祖父《じい》さんなのか……」

槙原はがくりと肩をおとす。てっきり自分に用があると思っていたらしい。

祥明の祖父、安倍柊一郎《しゅういちろう》は携帯電話を持たない主義だ。安倍家には固定電話があるのだが、そこにかけると、祥明が誰よりも嫌いな母の優貴子《ゆきこ》がでる可能性が高い。そこで祥明は、祖父と連絡をとりたい時は、安倍家の隣に住む幼なじみに伝言を頼むことにしているのである。

「だから、暇な時に電話をくれ、って、メールに書いたじゃないか」

「たしかにな」

槙原は苦笑いで缶ビールを口にはこぶ。

「で、お祖父さんがどうかしたのか？」

「人捜しのことでちょっとね。依頼内容については詳しく話せない」

「ふーん？」

槙原は首をかしげたが、陰陽屋への依頼だということで、それ以上は聞いてこなかった。

「ところで、最近、瞬太君はどうしてる？」

「どうもこうも。キツネ君はもともと思慮の浅いところがあったが、最近は浅いどころか真っ平らだ。お客さんに考え無しなことを口走るし、掃除をしていても上《うわ》の空《そら》なことが多い。やたらにため息が多いし、暗いというか、魂が抜けてる感じだな」

「どうしたんだろう。失恋でもしたのかな？」

槙原のなにげない一言に、ああ、と、祥明は思い当たった。

「そうか、ついに三井さんにふられたのか」

「瞬太君から何か聞いてるか？」

祥明は肩をすくめる。

「いや、キツネ君は何も話さないが、ふられるとしたら三井さんしかいない。それに、近所の中華料理屋のおかみさんも、キツネ君が何やら友達に慰められていたようだと言っていた」

どしゃぶりの夕立があった日、江美子がこっそり祥明に教えてくれたのだ。「昨日、暗い顔でため息をついてばかりの瞬太君を、そばかすの子が一所懸命なぐさめたり励ましたりしてたみたいだけど、何かあったのかしら？」と。

追試のことでも愚痴っていたのかと思いきや、なるほど、失恋か。

そばかすといえば江本だが、彼は去年の秋、教育実習に来た女子大生に失恋した経験者だし、失恋話の相手としてはうってつけだろう。

「ふーん、まあ、おまえにだけは話さないだろうな。というか、話せないよ」

「おれにだけは話さない？　どういう意味だ。三井さんのことをおれに知られたらまずいとでも思ってるのか？　かなりバレバレなんだが」

祥明はいぶかしげな表情で、槙原を問い詰めた。

槙原は頭を左右に振る。

「ヨシアキ……おまえ、やっぱり気づいてないんだな」

「何を？」

槙原にがしっと両肩をつかまれ、祥明は目をしばたたいた。

「その三井さんっていう娘《こ》は、おまえのことが好きなんだよ。だから、瞬太君がふられたのは、おまえのせいってわけさ」

「はあ？　そんな……」

そんなはずはない、と、言いかけて、祥明ははっとした。今まで気にもとめたことはなかったが、心当たりがまったくないわけではない。

そう言われれば、頰を染めていたり、声が緊張していたかもしれない。

だが、そもそも陰陽屋に来る常連客のうち九割は祥明目当ての女性たちだ。冷たいようだが、一人一人の反応を気にしていたらきりがないではないか。

それはともかく。

「なぜ秀行がそんなことまで知ってるんだ？」

ひょっとして三井春菜から聞いたのか？　会ったことすらないはずなのに。

祥明の問いに、槙原は胸をはる。

「おれの長年にわたる経験から導きだされた鉄板解答だ」

「…………」

槙原の断言に、祥明は無言で眉を片方つりあげた。

何だ、ただの男の勘か。

びっくりさせやがって。

いや、だが、こいつの長年にわたる経験はあなどりがたい。

「何より、あの隠し事ができない瞬太君が話さないってことはそういうことだろ？　おまえに恨みごとをぶつけたくないっていう、なけなしのプライドだよ」

槙原にしては珍しく論理的だ。柔道教室で子供の心理はお見通しということか？

いやいや、感心している場合ではない。

まさかそんなややこしい事態になっているとは。

キツネ君がずっと片想いをしていた三井春菜が、おれを好きだって？

「……キツネ君は昨日もおれのことを、うらみがましい目つきで見ていたが、三井さんのことだったんだな。てっきり勉強のさせすぎでうらまれてるのかと思ってたよ。もしくはバイト代あげろって言いだすのかと」

「おいおい」

「しかし面倒臭いことになったたな」

祥明は困りはてた顔で、椅子に背中をあずけ、天をあおいだ。もちろん暗い天井しか見えないが。

「キツネ君が何か言ってくるまで、おれは気づいてないことにしておく」

他にどうしようもない。

自分は彼女のことは好きでもなんでもないから気にするな、なんてキツネ君に宣言したら、さすがに激怒するだろう。

せいぜい槙原の勘違いであることを祈るばかりだ。

「それがいいかもな。下手に慰められても傷つくだけだし」

うんうん、と、槙原はうなずく。

「……おれもため息をつきたくなってきた」

祥明はしかめっ面《つら》でビールを飲み干した。

とりとめのない雑談を三十分ばかりした後、槙原は、明日はコンビニバイトの早番だから、と、立ち上がった。

階段の上で槙原を見送ると、祥明は軽く息を吐き、煙草に火をつける。

槙原は誠実な働き者だから、二、三日のうちには祖父と連絡をとれるようにしてくれるだろう。

Tシャツのがっちりした広い背中が夜闇にとけこんで見えなくなったのを確認すると、ゆっくり階段をおり、陰陽屋にもどる。

あれは七月中旬のことだった。

瞬太の祖母の沢崎初江が、久しぶりに陰陽屋を訪ねてきたのだ。

「子供の頃、この人からお菓子をもらったことがあるわ」

壁に貼られた捜し人の写真を見て、初江が言った。

捜し人の名は月村颯子《つきむらさつこ》、年齢も住所も不明というとんでもない依頼である。ちなみに依頼者は祥明が以前勤めていたホストクラブの葛城《かつらぎ》というバーテンダーなのだが、あろうことか、葛城自身も数ヶ月前から行方不明だ。

「でも初江さんが子供の頃って……失礼ですが、もう五十年以上前のことですよね？当時カラー写真なんてあったんですか？」

「少なくともうちみたいな庶民の家ではまだ白黒写真だったわね。でも間違いなくこの顔よ。そっくりさんかもしれないけど」

「どうしてそんなにはっきり、この女性のことを覚えているんですか？」

「アップルパイのおかげよ」

初江はふふっと愉快そうに微笑《ほほえ》んだ。

「あれは母に叱られて、アパートの廊下を泣きながら歩いていた時だったわ。この人がアップルパイをくれたの。アップルパイなんて生まれてはじめてだったから、鮮明に覚えてるの。味も、匂いも、この人も」

昨日のことは忘れちゃうのに、子供の頃の記憶って妙に鮮明なのよ。不思議ね、と、初江は肩をすくめた。

「どんな格好でしたか？」

「安普請《やすぶしん》の木造アパートではついぞ見かけたことのない、黒のサングラスに毛皮のコート姿だったわね。女優さんかと思ったわ」

「その時も月村颯子と名乗っていましたか？」

「名前はわからないわね。廊下でアップルパイをもらっただけだし。アパートの誰かのお客さんだったのかしら」

「つまり、全然知らない人から食べ物をもらったんですか？」

「だってすごく美味《おい》しそうだったのよ」

いつもきっちりしている印象のある初江だが、お菓子の魅力には勝てなかったらしい。

「そうだ。柊一郎さんなら、何か知っているかもしれないわよ」

「祖父ですか」

祖父の柊一郎は、学生時代、たまたま初江と同じアパートに住んでいたのである。

初江の勘違いという可能性の方が大きいと思われたのだが、他には何も手がかりがない。正直、月村颯子捜しに関しては、あきらめかけていたのだ。

だが柊一郎に連絡をとるのはためらわれる。

なにせ国立《くにたち》の安倍家には、息子を溺愛しすぎてとんでもない行動にでる母の優貴子がいるのだ。

ある時は飼い犬を捨ててしまい、また、ある時はパソコンにパインジュースをかけ、最近ではネットで祥明の動向をチェックしているらしい。まるでストーカーである。

数日間迷った末、祥明は槙原に電話をくれるようメールをうったのだった。

初江の勘違いかどうかは、柊一郎に確認すればはっきりするはずだ。

もしも月村颯子が化けギツネだったら、瞬太の親探しにも一歩近づくかもしれないし。

キツネ君といえば……

祥明は大きく煙を吐きだす。

考えたからといって、どうなるものでもない。

祥明は右手をひらひらふって、煙を追い払った。

七

月曜日の午後四時頃。

屋外はまだまだ暑い時間帯である。

瞬太が眠気覚ましに店内ではたきをかけていると、万里子が陰陽屋にあらわれた。

「あれ、万里子さん、いらっしゃい」

昨日は夜勤だったから、今日は休みなのだろう。ほんの少しだけメイクが濃い。

「瞬太君、昨日はありがとう」

昨日と聞いて祥明は眉をひそめる。

「万里子さん、陰陽屋へようこそ。ところでうちのキツネ君が、何かご迷惑をおかけしましたか？」

「迷惑だなんてとんでもない。あたしのことを心配して、様子を見にきてくれただけです」

「何か余計なことを言ったりしたりしていなければいいのですが……」

あやしむような祥明の視線に、瞬太はギクッとする。

「それで、今日は何か別の……そう、手相を占ってほしいと思ってきたんです。陰陽屋さんは手相占いもすごくあたるって、沢崎師長が言っていたのを思いだして。占いサイトにのっている手相の例は見てみたんですけど、いまいちよくわからないんですよ。そもそも、右手でみるのか、左手でみるのか、サイトによって書いてあることが違うし」

「それは、誤記ではなく、西洋式か東洋式かによってスタイルが違うんですよ。流派もたくさんありますし」

「そういうものなんですか。じゃあ、陰陽屋さんが一番あたると思っているスタイルで、みていただけませんか？」

「それはかまいませんが、手相で相性はみられませんよ？」

「一般的な恋愛運でいいんです」

　祥明は万里子をテーブル席に案内すると、ろうそくの灯りの下で手相をみはじめた。

「まずは手の形からいきましょうか。てのひらの長さと中指の長さがほぼ同じで、縦長でも横長でもないバランスのとれた形、平らな指先。これは方形という手で、忍耐強く、几帳面な人の手です。納得がいかないことがあれば、とことん追求し続けるでしょう。まさに今の万里子さんですね」

「手の形に性格があらわれるんですか」

「指や爪にもあらわれるんですよ。たとえば爪のつけねの半月が小さい人は恋も仕事も受け身になりがちで、せっかくのチャンスを逃してしまうこともあります」

「私、小さいですか？」

「そうでもないですね。ご安心ください」

　瞬太が冷えた麦茶を運んでいくが、万里子は見向きもせず、祥明の説明を真剣に聞いている。

「では次に、両手を組んでみてください。指を交互に。どちらの親指が下にきていますか？」

「親指は右が下です」

「では万里子さんの手相は右手メイン、左手をサブでみていきましょうか」

祥明は万里子の左手のてのひらをゆっくりと観察した。

「恋愛関係は……ああ、親指つけねの金星丘《きんせいきゅう》に格子マークがでていますね。これは、愛情を欲する気持ちが強くなっている証拠です。その反面、感情線がやや長めですね。これは好きな人への積極的なアピールが苦手であることをあらわしています」

「ああ、やっぱり……」

昔から奥手だったと語っていた万里子は、しょんぼりと肩をおとす。

瞬太もこっそり自分のてのひらを見てみるが、全然見方がわからない。去年の文化祭前に手相占いの初歩をちょっとだけ祥明に教えてもらったが、きれいさっぱり忘れてしまった。

「あの、それで、結婚線はどうですか!?」

「結婚線は今のところ、かなり小指より、つまり晩婚ですね」

「それは……」

「手相なんかみないでもわかっている、という顔をなさっていますね」

「この年ですから」

万里子は情けなさそうな顔でうなずく。

「でも早婚を示す線しかないよりははるかにましですよ。大人の独身女性に早婚線しかない場合は、チャンスを逃したということになりますから。でも万里子さんの場合は、これからチャンスがおとずれる位置に線があります。どうぞご期待ください」

「これから、ですか……？」

「しかも線が上向きです。これは良縁に恵まれることをさしています。よかったですね」

「はい。あの……」

「先日おうかがいした患者さんとの相性については、万里子さんの手相を拝見しただけでは、吉とも凶とも申し上げられません。ただ、焦《あせ》る必要がないことはたしかです。また、手相は顔相と一緒で、たえず変化しています。ですから今回の手相占いで、万里子さんの人生がすべて解き明かされた、なんてことは決してありません」

祥明はにこにこと愛想よく答えながらも、決して告白をすすめない。

「そうですか」

万里子は嬉しいような、もどかしいような、複雑な表情で答える。

「結婚線がばっちりでよかったね！」

なんだか間が抜けた言い方だが、これでも瞬太は一所懸命考えて励ましたつもりである。うかつなことを口走ると、祥明にこっぴどく叱られるからだ。

「うん、そうね。ありがとう」

瞬太の気持ちが通じたのか、万里子はようやく明るい笑みをうかべた。


五時をすぎ、強烈な夏の陽射しがほんの少しやわらいできた頃。

「あー、よく寝た」

夜勤あけのみどりがパジャマ姿のまま一階の居間におりると、吾郎は帆布地のエプロンをつけ、ガンプラを作っているところだった。

「おはよう、母さん。コーヒーいれようか？」

「自分でやるから大丈夫。ガンプラだいぶできてきたんじゃない？」

「それが、ポージングがなかなか決まらなくて。過去の入賞作品を見ると、やっぱりただ立ってるだけじゃだめみたいなんだよね。みんな背景《ジオラマ》もこってるし」

むーん、と、吾郎は腕組みする。

三分ほどたったところで、両手にマグカップを持ったみどりがダイニングキッチンから移動してきた。

「昨夜のイワシチャーハンおいしかったわ、ありがとう。急に瞬太がお弁当を持って病院にあらわれたのにはびっくりしたけど」

マグカップの片方を吾郎に渡す。

「ああ、あれは瞬太が母さんにお弁当を届けるって言い張ったんだよ。勉強しなさいって言われたくなかったのかね？」

みどりはコーヒーを飲みながら、ふーん、と、首をかしげた。

「……最近あの子、ちょっと変じゃない？　いつもならどんなに厳重に封をして押入れの奥に隠しておいても、ホヤぼーやサブレーのにおい嗅《か》ぎつけてくるのに、後でいいなんて、びっくりしちゃったわ」

「そういえばそうだな」

「その上、修学旅行のことはもういいんだ、でしょ？　ちょっと前まで、あんなに行きたがってたのに」

「たしかにちょっと変かもしれないな。もともとぼーっとした子だけど、最近一段とひどいよ。勉強のしすぎでストレスたまってるのかな？」

「あの瞬太がそんなに勉強してると思う？」

　みどりの鋭い指摘に、吾郎は苦笑する。

「陰陽屋さんで二、三時間くらいがせいぜいかな。学校とうちじゃ寝てばっかりだし」

「そうよね。それより、ほら、前にも瞬太の様子がおかしくなったことあったじゃない。幼稚園の年長さんだった時と、小学校三年生の時」

「あっ、夏奈《なつな》ちゃんにふられた時と、玲香《れいか》ちゃんにボーイフレンドができた時か！」

「ということは、ついに……かしら？」

　吾郎とみどりはどちらからともなく顔を見合わせた。

「こうなることはわかってたけど、よりによってこのタイミングかぁ。まいったな」

「今度の追試は本当に危ないかもね……」

「立ち直るのが先か、追試が先か、だな」

「あとでまた王子稲荷にお参りしてくるわ」

みどりはだいだい色に染まりはじめた西空をながめながら、しみじみとため息をついた。

八

それから数日がすぎた。

ずっと猛暑が続き、商店街ではビールやアイスが売れまくっているが、陰陽屋の客足はにぶる一方である。一人をのぞいて。

瞬太は計算ドリルの手をとめて、ちらりと時計を見た。もうすぐ六時だ。

「万里子さん、今日も来るかな？」

月曜日の手相占い以降、万里子は陰陽屋にほぼ日参し、トランプ占い、ルネーション占星術、数秘術などなど、いろんな占いを次から次へとお試し中なのである。

もちろん例の骨折患者との相性を占っているのだが、さすがありとあらゆる占いサイトで最悪とでただけあって、祥明の占い結果もかんばしくない。

「あの調子だと、来るかもな」

祥明は本を読みながら肩をすくめる。

「万里子さんって不屈の人だよね。昨日の占いで六つめだっけ？」

「初回の六壬式占《りくじんちょくせん》も入れると七つめだ」

最初のうちは、これはいいカモだとほくそえんでいた祥明だが、十日間で七回も来られると、若干疲れ気味である。

「もう占いのレパートリーもつきてきたしな。昨日はルーン占いまでひっぱりだしたが……」

何より毎日違う占いを要求されるのが面倒臭いらしい。

「昨日もこの恋はかなわないってでたんだよね」

「そろそろあきらめてくれてもよさそうなものだが……せめて今日一日くらいは休ませてくれても……」

だが、祥明の願いもむなしく、いつもの靴音が階段をおりてくるのが聞こえてきた。

「来た！」

来客中は勉強をしないですむので、瞬太は大歓迎なのである。さっと立ち上がると、黄色い提灯をつかんでドアにむかう。

「いらっしゃい、万里子さん」

「こんにちは、瞬太君。また来ちゃった」

万里子は日勤の帰りだろう。手からほんのり消毒液の臭いがする。

「もう一番のお得意さんだね！」

瞬太は早速、万里子をいつものテーブル席に案内した。

「陰陽屋へようこそ、万里子さん」

祥明はなんとか気力をふりしぼって営業スマイルをうかべるが、万里子の方はどんよりと沈んだ表情である。

「昨夜のルーン占いは残念な結果でしたが、今日はどうしましょうか？」

「タロット占いをお願いします。店内にカードは置いてないけど、持ってくれば占えないことはないって、昨日言ってましたよね？」

万里子はショルダーバッグから、タロットカードをとりだした。

「ええ、でも、タロットの無料占いサイトはたくさんありますよ。わざわざうちの店で試さないでも」

「やっぱり実際にカードをひいてみないと、なんだか違う気がして……。ぜひお願いします」

客の強い要望とあっては仕方がない。祥明は万里子のタロットカードを受け取った。新品のようだ。

「わかりました。何を占いましょう？　たまには仕事運でもどうですか？」

「いえ、この恋の行方をお願いします」

万里子は思いつめたような表情で答えた。実際、悪い結果続きで、追いつめられているのだろう。

「大アルカナのデッキですね。スリーカード・スプレッドで占ってみましょうか。このカードをよくシャッフルして、三枚選んでください」

最初の頃は、式盤や手相についていろいろ解説していた祥明だが、さすがに面倒になってきたのだろう。さっさと占いに入る。

万里子は慎重な手つきで三枚を選び、横一列に並べた。

祥明は選ばれた三枚を一瞥《いちべつ》して、眉をひそめる。

「過去を示すカードは隠者、現状は月、未来は星……」

「星……！　星ってかなりいいカードじゃありませんでしたっけ⁉」

万里子はびっくりした表情で、声をはずませた。

瞬太がのぞきこむと、大きな星がピカピカ光り、裸の女性が壺の水を川に流し込んでいるという、たしかにめでたそうな絵のカードである。

「よくご存じですね。この図柄の通り、希望の星の輝きのもと、何かがわきだしたり流れだしたりすることによって状況が好転することを示すカードです。仕事にやりがいができたり、創作へのインスピレーションがわいたり、愛する喜びに目覚めたり……」

「つまり、彼とうまくいく、ということですね……！」

さすがにそこまで良いカードがでてしまっては、祥明も同意せざるをえないのだろう。

「そのようですね。おめでとうございます」

にっこりとうなずく。

「ありがとうございます。でも……」

万里子はふと、表情を曇らせた。

「いくら今日のタロットが良かったからと言って、他の占いと総合すると、うまくいかないという結果の方が圧倒的に多かったんですよね。たぶん一勝七敗……？」

　さすが万里子。陰陽屋で七種類の占いで悪い結果がでたことを、ちゃんと数えていたらしい。ひょっとして、ノートに記録しているのだろうか。

「良い結果がでたのはタロット占いだけなのに、これだけを基準に行動するのは怖い気がします。タロットが一番あたるって確信をもてればいいんですけど……」

「どの占いを信じるかは、万里子さんのお気持ち次第です」

　祥明は丁寧な口調でつきはなした。それは自分で決めろということだ。

「タロットでいいんじゃないかな！　自分に都合のいい占いを信じるっていう人はいっぱいいいるよ」

「ありがとう、瞬太君。でもあたしは、自分に都合のいい占いじゃなくて、一番あたる占いを信じたいと思ってるの。たとえその結果が厳しいものでもね」

「そ、そうか……余計なこと言ってごめん」

　祥明からも鋭い眼差しでにらまれ、瞬太はしょんぼりと三角の耳を伏せた。

「ううん、ありがとう。ただ問題は、どの占いが一番あたるのか、ちっともわからないことなのよね。タロットだけを信じていいのかしら……」

万里子は深々とため息をつく。

「こんなにたくさん占っても、まだ気がすみませんか？」

さすがに祥明の言葉にはとげがある。

「すみません、でも、これが幸せになれる最後のチャンスかもしれないので、失敗したくないんです。来年には大台だし。だから万全を期したくて……」

万里子はまえにも「来年は大台」と言っていた。四十目前というのがよほどプレッシャーなのだろう。

「お気持ちはわかります。占いのお客さまは、みな、幸せを求めていらっしゃいますから」

祥明がおそろしく優しい声で語りだしたのを聞いて、瞬太はギョッとした。これは危険な兆候だ。

「ただ、万里子さんの場合、何を求めているのかがはっきりしないのが問題ですね。万里子さんにとって幸せとは何ですか？」

「えっ？」

万里子は戸惑い顔で、目をしばたたいた。

「たとえば結婚して子供を生んで、いわゆる家庭的な幸福を求めるのであれば、そもそも離婚が成立していない男性になんかかまけている場合ではありません。今すぐ彼のことは忘れて、婚活に全力をつくすべきです」

「そ、それは……」

祥明の顔は笑っているが、口調はじわじわと厳しくなってきた。

「逆に、たとえ結婚できなくてもいい、不倫だろうと何だろうと、とにかく彼のハートを手に入れたいと思っているのであれば、今すぐ告白すべきでしょう。占いになんか頼る必要はありません」

「そうなんですけど……」

「それすらも選べないんですか？」

祥明はピシリと銀の扇を閉じる。

「だって……やっぱり職場に迷惑をかけられませんし……入院患者ですから……」

万里子は青ざめた顔でぼそぼそと言い訳をした。

「退職したらどうですか？　他にも病院はいっぱいありますよ？」

「そんな……急に辞めたりしたら、それはそれで……」

「もし告白してうまくいったとしても、彼は離婚調停中なんでしょう？　新しい恋人の出現が奥さんやその弁護士の耳に入ったら、調停で不利な材料になるとは考えないんですか？」

祥明は追及の手をゆるめない。

「そこまで先のことは考えていなくて……」

「何だかんだ言って、要するに、あなたは今、恋する自分に酔ってるんですよ」

祥明は万里子の言い訳をさえぎった。

九

祥明は厳しい口調で万里子を追及しはじめた。こうなるともう毒舌はとまらない。

「毎日占いサイトをはしごし、ああでもないこうでもないと思い悩み、キツネ君に心配してもらって、この上なく快適なのではありませんか？」

「快適なんて、そんな……」

「ではお尋ねしますが、その調子だと、恋愛相談にのってもらっている女友達も一人や二人じゃないでしょう?」

「……」

万里子は答えないが、頰が紅潮し、唇が震えている。どうやら図星だったらしい。

「つまりあなたは、今のこの状態が幸せで楽しいから、いつまでも結論をださないいんですよ。だって、彼に告白する、とか、彼を忘れる、とか、何らかの結論をだしてしまったら、この幸せが終わってしまいますからね。あなたの相談に真面目にのってあげている友人の皆さんには、とんだ迷惑です」

「…………!」

万里子は真っ青な顔をこわばらせた。両手をギュッと握りしめる。

「ふたことめには、来年は大台だし、と、言われますが、それは相談相手の危機感をあおるための決めゼリフですよね。自分ではなく」

「れ……恋愛相談して何が悪いんだよ！　おまえに万里子さんの気持ちがわかるか！」

尻尾を逆立て、祥明にくってかかったのは瞬太だった。

「勝手に万里子さんの気持ちを決めつけて、文句をたれるなんて、いくらなんでもやりすぎだろう⁉」

「じゃあおまえには万里子さんの気持ちがわかるのか？　人妻に告白すべきかどうか迷ったことがあるとでも？」

祥明は扇を開き、冷ややかに言う。

「うっ、それはないけど……」

「ほらみろ。考え無しに余計な口をはさむのはやめろって言っただろう」

「でも、でも……。辛いし、苦しいし、迷う気持ちはきっとみんな一緒だから……！」

「だから何だ？」

「だから、幸せなんかじゃないんだよ！」

バン、と、瞬太はテーブルをたたいた。

「そんなの人それぞれだろう？」

祥明はあくまで冷ややかである。

「おまえって本当に意地が悪いな！　そんなんでお客さんの幸せを左右する占いをやって大丈夫なのかよ！」

「意地が悪い人間が占っても、そうでない人間が占っても、吉は吉、凶は凶だ。キツネ君のように頭が悪くて占いの方法を覚えられないよりはましだろう？」

「だ……大事なのはハートだろう⁉」

「占いは宗教じゃない。重要なのは正確な知識だ」

「だけど！　だけど……えーと……」

瞬太はだんだん、自分でも何を言っているのかわけがわからなくなってきた。そもそも口論で祥明に勝てるはずがないのだ。

「瞬太君、もういいわ、ありがとう」

「ごめん、おれ、うまく言えなくて。でも、万里子さんには幸せになってほしいって、本気で思ってるから……！」

「えっ⁉」

万里子は驚いて、目を大きく見開いた。

「あの……おれ、また、変なこと言っちゃった？」

「そんなことないけど、ちょっとびっくりしたわ。瞬太君があたしの幸せを願ってくれてたなんて……。ありがとう」

　万里子は瞬太に頭をさげた。

「え、いや、別におれが勝手に思ってるだけだから、そんな、ありがとうなんて……」

　ちょっと照れて、瞬太は耳の裏をかく。

「それから、陰陽屋さんも、ありがとうございます」

　万里子は祥明にも頭をさげる。

「あたし、告白するかしないか、自分が幸せになれるかどうかしか考えてなかったから……。陰陽屋さんに、結婚したいのか、彼のハートを手に入れたいのかって尋ねられた時、即答できませんでした。でも、そんなんじゃだめですよね」

「結論はでましたか？」

「はい。あたしの望みは、彼の幸せです」

「……ほう？」

　祥明は眉を片方つりあげた。

　瞬太も万里子が何を言いたいのかがよくわからず、首をかしげる。

「瞬太君のおかげで目がさめました。彼が退院して、元気で、幸せに生きていってくれるのが一番の望みです。あたしは遠くから彼を見守っていられれば、それで十分幸せです」

祥明と瞬太が見苦しくもめている間に、万里子は一人で悟りの境地に達したようだ。妙に慈愛に満ちた笑みをうかべている。

「待ってよ、万里子さん、本当にそれでいいの!? それで万里子さんも幸せなの!?」

「もちろんよ」

万里子に優しく微笑まれ、瞬太は複雑である。

おれは別に、万里子さんの幸せがおれの幸せだなんて言ってないんだけど……。

どうやら予想外のインスピレーションが万里子にひらめいてしまったらしい。タロットカード、恐るべし……!

困り果てた瞬太が祥明を見ると、やはり困惑に満ちた表情で絶句していた。

「どうしたんですか、二人とも?」

「え、あ、いや……お役に立てて何よりです」

さすがの祥明も、それだけ言うのが精一杯だった。

「本当にありがとうございました」

観音のような、あるいは聖母のような微笑みをうかべたまま、万里子は彼のために病気平癒《へいゆ》の護符を買い、帰っていったのであった。

「さんざん占わせておいて、結局、自己解決か……」

階段の上まで万里子を見送りにでた後、祥明はぼやいた。

「本当に人の幸せって、それぞれ違うんだね……」

「そういえば、星のカードは、愛は愛でも無償の愛だったな……」

「未来がくるのが意外に早かったってこと？」

「占いがあたってよかった……ということにしておくか」

「そう、だね」

遠くで電車が走り抜けていく音が聞こえる。

気が抜けたような、肩すかしをくらったような、複雑な表情の二人は、しばし放心状態で、とっぷりと日が暮れていくのを眺めていたのであった。

十

　翌日も朝から快晴だった。

　濃い青空のあちこちに積乱雲がもこもことわいている。屋外は三十五度をこえているにちがいない。教室は冷房で二十八度にたもたれているので、快眠をむさぼるのにぴったりだ。

「おきろ、沢崎、補習終わったぞ」

　江本は瞬太の肩をぐいぐいゆさぶる。

「もう昼……？」

「昼飯どこにする？　補習も今日で終わりだし、たまには上海亭以外の店に行こうぜ」

「うん……」

　瞬太がねぼけまなこで顔をあげると、不吉な人影が近づいてきた。

「沢崎君、目はさめましたか？」

オペラ歌手のようにすばらしくいい声の主は、担任の井上《いのうえ》先生だ。バーコード状の髪を八対二にわけ、分厚い黄ばんだレンズの眼鏡をかけている。

「あ、は、はい」

瞬太は慌てて身体をおこす。

「よだれがついていますよ」

「えっ」

手の甲で口もとをぬぐい、へへへ、と、笑う。

別にごまかそうとしたわけでもないのだが、井上先生は眉間《みけん》にしわをよせ、ふう、と、嘆息をもらした。

「よく休まずに補習に出席しましたね、と、ほめたいところですが、本当に毎日熟睡していましたね」

「え、あ、う……」

「すみません、先生、沢崎は特異体質なんです。見逃してやってください」

見かねた江本がかばってくれる。

「たとえ特異体質であったとしても、追試の成績が悪ければ一年に落第です。二十五日の朝九時開始ですから、忘れずに来てください」

有無を言わさず念を押すと、井上先生はくるりと背をむけ、教室からでて行ってしまった。

「今日が十二日だから、あと十三日か……。大丈夫なのか？」

江本が心配そうに尋ねる。

「だめだろうな。いいんだ、もうおれはあきらめたから」

「おいおい」

「追試の話はもういいから、昼飯行こ……」

瞬太が立ち上がった時、教室に入ってきたのは、久しぶりの三井だった。親友で剣道部の倉橋怜《くらはしれい》も一緒である。女子たちに絶大な人気を誇る、きりりとした長身の美少女だ。

「あれ、沢崎と江本、どうしたの？」

「おれたち、補習だったんだ」

倉橋の質問に、江本が答えた。

心臓がはじけそうだ。

正直、気まずい。

「そっちこそどうして学校に？　あ、部活か」

「うん、あたしは今年も文化祭の作品をつくりに来てるの」

三井のほっぺたには、白っぽい泥がついている。

「あたしも剣道部の練習。そういえば沢崎、追試なんだって？」

倉橋の容赦ない問いかけに、瞬太は恥ずかしそうに下をむく。

「まあね……」

「大変だね。でも沢崎君ならきっと大丈夫だよ。がんばって」

「あ、りがとう……」

三井にかわいい声ではげまされ、天にものぼる心地である。

「じゃああたしたち、これから買い物に行くから」

倉橋がかばんを持ち上げると、三井もならう。

「じゃあ、またね」

三井は倉橋と一緒に行ってしまった。甘い、いい匂いを残して。

「はー、びっくりしたな」

「うん」

江本の言葉に、瞬太はうなずく。

でも、よかった、三井と普通に話せた。

瞬太は軽く汗ばんだてのひらを制服のシャツでふいた。

最近店長がかわったアジアンバーガーで江本と昼食をとった後、瞬太は陰陽屋にむかった。

祥明は今日も休憩室で本を読んでいる。

「あー、今日も計算ドリルか。おれ、数字って苦手なんだよね」

瞬太はぶつぶつぼやきながら、ドリルをひらいた。三角の耳もすっかり下をむいてしまっている。

「そういえばさっきおまえの同級生の女の子たちが占いに来ていたぞ。一月の修学旅行までに恋人ができますか、ってな」

「ふーん」

瞬太はかばんから筆記用具をだしながら聞き流した。

すでに三井にふられてしまった自分には関係ない話だ。そもそも追試にパスするとはとても思えない。

「修学旅行の行き先はハワイにほぼ決まりらしいな。これから池袋《いけぶくろ》まで水着を買いに行くと言っていた。気の早いことだ」

「……ハワイ!?　水着!?」

瞬太はガタンと椅子から腰をうかせ、祥明を振り返った。

「ハワイといえば海だろう。クラス全員で海水浴に行ったりするんじゃないか？　眼福だな、キツネ君。といっても追試の結果次第では修学旅行どころじゃないか」

祥明は銀色の扇で口もとを隠し、意地悪な笑みをうかべる。

「ああ、水泳の授業で女子の水着くらい見慣れているよな？　どうせスクール水着だろうけど」

そんなはずないことを知っていながら、祥明はわざと質問してくる。くそ、なんて根性悪なんだ。

「……体育の授業は男女別だから、近くで女子の水着なんて見たことないよ」

「ほう、ではハワイに行けないと、一生後悔することになるかもしれないな。いや、間違いなくなるな。ハワイではスクール水着じゃなくて、かわいいおしゃれ水着にするって今日来た女の子たちも言ってたし」

残念、残念、と、ニヤニヤ笑いながら、祥明は繰り返す。

「ううう……」

しまった、まさかハワイだなんて。

去年の修学旅行はシンガポールで、一昨年《おととし》はソウルだったって聞いていたから、なんとなくただ観光するだけだと思い込んでいた。

そういえば、三井も今日はこれから買い物だって言っていたじゃないか。

まさか、まさか水着を買いに……!?

混乱と動揺と興奮で、尻尾がぶんぶんゆれる。

海、水着、海、水着……！

「勉強する！　すればいいんだろ！」

悔《くや》しそうに瞬太は宣言した。

「せいぜいがんばりたまえ」

祥明は、フッ、と、小馬鹿にしたような笑みをうかべると、扇で顔を優雅にあおいだ。

十一

午後五時すぎ。

瞬太がもうろうとしながら計算ドリルにむかっていると、祥明が待ちかねた客が陰陽屋にあらわれた。祖父の安倍柊一郎である。

「久しぶりだね、ヨシアキに瞬太君」

あいかわらずひょうひょうとした調子で柊一郎は店に入ってきた。

涼しげな白い開襟《かいきん》シャツに、きなりのパンツとジャケット、白っぽい帽子をかぶっている。もう七十代半ばの高齢だが、まだ足どりはしっかりしているし、頭脳も瞬太よりはるかに明晰だ。

「やっと憲顕《のりあき》君が優貴子を北海道に連れ出してくれたから、今日はゆっくりできるよ」

憲顕は祥明の父、つまり優貴子の夫である。柊一郎が陰陽屋を訪れるために、わざわざ優貴子を北海道に追い払ったらしい。

「わざわざ国立から来てくれてありがとう！」

瞬太はいそいそと冷たい麦茶をテーブル席まではこび、自分も椅子に腰かける。

「見ていただきたいのは、この写真です」

祥明は壁に貼ってある月村颯子の写真の拡大コピーを祖父に指し示した。

「この女性に見覚えはありますか？」

「ん？」

柊一郎は写真に顔を近づけ、しげしげと見入った。

「この美女は……」

右手で顎《あご》をつまみ、十秒ほど考えこむ。

瞬太はどきどきしながら柊一郎の横顔を眺めた。

「化けギツネの篠田《しのだ》を何度か訪ねてきた女性によく似ているね。ほとんど同じ顔だ」

「本当に⁉」

瞬太は興奮と驚きのまじった声をあげた。

「うん、美貌もさることながら、圧倒的な存在感というのかな。今で言うところのオーラがすごかったのをよく覚えているよ」

「へぇ……！」

初江のアップルパイの話は聞いていたが、正直、半信半疑だったのだ。なにせ子供の頃の記憶である。

だがここまで柊一郎が断言するのだから、間違いないだろう。

「実は初江さんも、子供の頃、アップルパイをくれた女性に間違いないと言ってます」

「ほう、初江ちゃんが」

柊一郎は目もとをなごませた。柊一郎にとっては、初江は今でも小さな女の子なのだろう。逆に初江にとって柊一郎は、ずっと学生さんなのだ。

「二人の記憶が一致したということは、この女性が篠田さんを訪ねていた人に間違いないと判断しても大丈夫そうですね」

「ただ、時代があわないね。僕は女性のファッションにはうといけど、この写真はどう見ても二、三十年前のものだろう？　僕が篠田と同じアパートに住んでいたのは、学生の頃だからなぁ。タイムスリップしたのでなければ、生き写しの娘さんといったところだね」

「常識的に考えるとそうなんですが……」

「ん？」

祥明が言葉をにごすと、柊一郎は興味津々といった様子で目をきらめかせた。

「そのお祖父さんが見かけた女性の名前や住所は覚えていますか？」

「残念だけど名前は聞かなかったなぁ。住所もね。篠田に、昨日妖艶な美女が君の部屋からでてきたのを見かけたが、あれは恋人かね？と尋ねたら、とんでもないって頭をぶんぶんふって否定してたよ。親戚か何かだったのかねぇ。そもそもこの写真は、初江ちゃんが持っていたのかい？」

「いえ、それが、篠田さんとは全然関係ない人から預かったんです」

祥明はこれまでのいきさつを説明した。

「クラブドルチェの葛城さんから、この写真の女性を捜して欲しいと頼まれたのが発端です。名前は月村颯子。この写真ではわざとレトロな格好をしているが、撮影したのは最近なので、容姿に大きな変化はない、とのことでした」

「最近？」

「のちに訂正が入ったのですが、それはまた説明します」

「ふむ。で、その月村さん捜しはその後どうなったんだね？」

「最初はインターネットでの捜索を試みたのですが、まったく反応なしでした。ところが、キツネ君の高校の校内新聞にのせてもらったところ、上級生の竹内由衣《たけうちゆい》さんから、うちにこの女性の写真がある、と、言われたのです」

竹内家のアルバムを見せてもらったところ、たしかに同じ写真だった。しかもその場所でとったもう一枚の写真には、竹内の祖父が月村颯子と一緒にうつっていたのである。

「つまり月村さんと竹内さんのお祖父さんは知り合いだったと推測されるのですが、残念ながらお祖父さんはもう二十年近く前に亡くなられていて、月村さんについては何一つわかりませんでした。ただ、一つはっきりしたのは、この月村さんの写真は、竹内さんのお祖父さんが生きていた時、つまり二十年以上前にとられたものだということです」

「そうなるね」

「なぜ葛城さんは、最近とった写真だなんて嘘をついたのか。問いただしてみたところ、実は二十三年前の写真だと白状しました。ただ、月村さんはこの外見からほとんどかわっていないはずなので、この顔の人を捜して欲しいと言うのです。整形ではなく、そういう体質なのだ、と」

「老化速度がひどく遅いということかね？」

「おそらくは」

「……まさか、僕と初江ちゃんが、五十年以上前に見かけた女性が、二十三年前の写真と同一人物という可能性があるというのか？　いや、しかし、それはいくらなんでも……」

「先ほどお祖父さんが言ったとおり、母親に生き写しの娘というのが妥当な線だと思います。でなければタイムスリップかクローンですね。人間だったら、ですが」

「おや、月村さんが人外のものだという可能性があるのかね？」

柊一郎は声をはずませた。

そんなはずないだろう、常識で考えなさい、なんて決して言わないところが、さすが柊一郎だなぁ、と、瞬太は感心する。

「この竹内さんのお祖父さんというのが、どうやら化けギツネだったらしいんです。

生前、酔っ払って尻尾をだしているところを、竹内さんのお母さんと伯母さんが目撃しています」

「ほう！」

「最初、竹内さんが、この月村さんも化けギツネなのではないかと言いだした時は、話半分で聞き流していたのですが、もしもこの推理があたっているのなら」

「彼女が五十年以上前と同じ顔で、二十三年前の写真にうつっているのも、化けギツネだからと考えれば合点がいく、か」

面白い話だねぇ、と、柊一郎は満面の笑みをたたえる。

「え、どういうこと？　化けギツネは年をとるのが遅いってこと？」

瞬太の問いに、柊一郎は少し困ったような顔をする。

「ただの仮説だ。何も根拠はない」

祥明があっさりと答えた。

「そっか」

「だが、もしも今の説があたっていたら……」

「いたら？」

「おまえは二十をすぎても背が伸び続け、いずれはメガネ少年くらいの長身になるかもしれないぞ」

「本当に⁉」

瞬太は目を輝かせた。祥明がメガネ少年とよんでいる高坂史尋《こうさかふみひろ》は、瞬太よりはるかに背が高いのだ。

「なーんてな。仮説だよ仮説。月村さんを捜し当ててみたら、その正体は不老不死の吸血鬼だった！なんてオチかもしれない」

「きゅ、吸血鬼……⁉」

ショックのあまり、いつも縦長の瞬太の瞳孔がまん丸にひらいてしまう。

「信じるな」

祥明は、フッ、と、鼻先で笑う。どうやら、からかわれただけらしい。

「大人の化けギツネがいれば、検証できるんだけどねぇ」

柊一郎は気の毒そうに苦笑した。

「たぶん葛城さんは何か知っているんだろうが、行方知れずだからな」

祥明は扇の先をこめかみにあて、きゅっと眉根をよせる。

「月村さんって、今、どこにいるんだろうね……？」

「今のところ過去に関する情報ばかりで、現在の居場所についてはさっぱりだからな。ここから先につながる手がかりもないし、月村さん捜索はまた当分棚上げだな」

「そうかぁ」

「それよりおまえは試験勉強に専念しろ。ハワイへ行きたいんだろう？」

「瞬太君はハワイに行くのかい？　いいねぇ」

「うん、修学旅行がハワイなんだよ」

「行ければですけどね」

　祥明はわざとらしく顔の前で銀の扇をひらき、ため息をつく。

「今の調子では、同級生たちがハワイへ行くのを、よだれを流しながら見送るはめになること、間違いなしですよ」

「うう……もし行けても、おまえにだけはお土産買ってきてやらないからな！」

　来年一月の自分の姿が、あまりにもリアルに想像できて、瞬太は涙目で悔しがったのであった。

十二

お盆があけ、夏休みも後半に突入した。

もう補習授業はないので、昼間、陰陽屋で勉強させられた後、夜も自宅で勉強させられ、瞬太はふらふらである。

自分の部屋だと五分もたたないうちに眠ってしまうので、居間でみどりに見張られながらの特訓である。

「母さん、眠くて気絶しそうなんだけど、お風呂はいっていい？」

コーヒーを飲みながら新聞をひろげているみどりに、おうかがいをたてる。

「お風呂で寝たら危ないでしょ」

「うう……」

今日は英語の例文の音読だ。もちろん祥明からの指示である。一学期分だけとはいえ、英語の授業中いつも熟睡している瞬太にとって、なかなかの難行だ。

「今ので五回目だっけ？」

「まだ四回目よ。あと六回がんばって。それが終わるまで寝ちゃだめよ」

「ううう……」

陰陽屋ではお客さんが来れば勉強を中断できるが、家ではそうもいかない。ハワイのためとはいえ、地獄の夏休みである。

「あ、そういえば、今日の帰り際に、主任ナースの園田さんが、ありがとうって瞬太君に伝えてください、って言ってたわ。園田さんも陰陽屋に行ったのね」

「園田さん？　ああ、万里子さんか。うん、占いにね」

そこまで答えて瞬太ははっとした。ありがとう、って、まさか万里子はこの期《ご》に及んで、骨折患者に告白したのだろうか。

「万里子さん、何かあったの!?」

「それがね、もてまくってるのよ」

「へ？」

「もともと優秀なナースだったから、みんなからすごく頼りにされてはいたんだけど、最近、老若男女の患者さんたちから食事やデートに誘われまくって、大変なことになってるみたい」

「そうなんだ」

「何かきっかけはあったの？って聞いたら、陰陽屋さんでいろいろ占ってもらって、結婚にこだわるのをやめたんです。でも、結婚を意識するのをやめた途端こんなことになって困惑してます、だって。意外とそういうものかもね」

「ふーん……？」

わかったような、わからないような、キツネにつままれたような気分で瞬太は首をかしげた。

おれも三井の幸せを考えるくらいの気持ちになれるといいのかなぁ……

三井の幸せって、やっぱり祥明と……なのかな……

三井には幸せになってほしいけど、でも……でも……

でも！　やっぱり！　祥明とだけは嫌だ！

応援なんて絶対無理!!

ごめん、三井。

おれって心が狭いのかなぁ……

瞬太が天井にむかって百面相をしていたら、みどりから厳しい一言がとんだ。

「他人《ひと》のことよりも、まずは自分の追試を心配したら？」

「うっ」

瞬太はビクッとして背筋をのばす。

「はい、音読五回目がんばって」

「うう……」

瞬太はテキストの最初のページをひらく。

「学校で寝てた方が楽だったなぁ……」

「追試まであと一週間だけの辛抱だからがんばれよ」

そう瞬太を励ます吾郎の目の下にも、黒ずんだクマが出現している。吾郎は吾郎で、ガンプラ選手権の作品制作が追い込みなのだ。夜な夜な塗ったり、削ったり、汚したり、磨いたり、ああでもない、こうでもないと苦戦中である。

「父さんも大変そうだね」

「この年になると寝不足はきついけど、好きでやってることだからね」

ははは、と、から元気で笑ってみせるが、声にはりがない。

「二人とも、母さん特製のにんにく入り大葉のスムージー作ったわよ。これ飲んで体力つけて」

みどりが緑色のどろどろしたスムージーが入ったコップを二つもってきた。一つを吾郎に、もう一つを瞬太に渡す。

「ありがとう……。でもにんにく臭いよ、母さん……」

「鼻をつまんで飲むのよ！　ハワイ行くんでしょ⁉」

「うう……行く……」

ハワイ、水着、海、水着。

瞬太は半べそでスムージーを胃袋に流し込んだのであった。


八月下旬のとある平日午後。

今日も土ぼこりまじりの熱風が、ビルの間を吹いている。

うだるような暑さにふらふらしながらも、王子駅前にある大手ハンバーガーショップに三人の男子高生が集合した。

瞬太は陰陽屋でアルバイト中のはずだが、念のため、地下客席の隅に陣取る。地下は禁煙なので、親子連れや中高生たちでかなりにぎやかだ。

「それで沢崎の様子はどう？」

高坂の問いに、江本はニヤリと笑って親指をたてた。グッジョブのポーズだ。

「夏休みの前半は、三井にふられたショックで、もう落第してもいいなんてなげやりだったけど、ハワイ修学旅行の効果はてきめんだったね。やっと真面目に勉強しはじめたみたいだよ」

高坂と岡島航平《おかじまこうへい》はほっとして肩の力をぬく。二人とも瞬太のクラスメイトで、友人である。部活も同じ新聞部だ。

「女子たちに陰陽屋さんに行ってもらって正解だったね」

高坂はアイスコーヒーをかきまわしながら、にっこり笑った。

「また店長さんがうまいことあおってくれたんだろうな。沢崎の扱いには慣れてるし」

岡島のダブルバーガーを頬張りながらのコメントに、高坂と江本もうなずく。

江本が直接、瞬太にハワイの話をするよりも、まわりまわって祥明経由で伝わった方が効果的だろう、というのは高坂がたてた作戦である。

「あの頃の沢崎はすっかりやさぐれてて、どうせハワイなんて、勉強させるための嘘だろ、って、疑ってかかりそうな雰囲気だったからなあ」

　江本がため息をつくと、岡島が江本の肩をたたいた。

「一人でずっと沢崎のめんどうみるの、大変だったな。お疲れさん。でも実際、ハワイに決まりそうなんだろう？」

「ああ、新聞部の総力をあげてプッシュしたからね。昨夜、うちのクラスの修学旅行実行委員にきいてみたけど、もう大丈夫だって言ってた。最終アンケートも、みんな、沢崎のためなら、って、ハワイに入れてくれたみたい」

　高坂の答えに江本は苦笑した。

「開校以来初の落第の危機って聞いて、みんなびっくりしたんだろうな」

　病気などで出席日数がたりず、留年した生徒は何人かいるが、毎日ちゃんと登校しているのに、下の学年に戻されたなんて前例はないのだ。

「何だかんだ言って、みんな沢崎に優しいよな。寝てばっかりなのに」

　岡島はフライドポテトを五本まとめて口に放り込む。

「そこがいいんじゃないかな？　人畜無害な感じで」

　高坂の意見に、岡島はブッとふきだした。

江本がおずおずと、上目づかいで二人の顔をうかがう。

「実はおれ、補習仲間に、沢崎が同じ学年にいる限り自分が最下位になる危険が減るから、協力してくれって頼んだんだ。そしたらみんな、絶対ハワイに入れるって約束してくれた」

「すげえ切り札だな、江本」

「さすがに言いすぎだったかな……」

「結果オーライだろ」

岡島は、うひひひ、と、愉快そうに腹をゆらす。

「あとは追試の結果次第だけど……、まあ、店長さんとお稲荷さまが何とかしてくれるのを信じるしかないね」

三人は、うんうん、と、うなずいて、残暑まっただなかの緊急会合を終えたのであった。

第二話

とある陰陽師の憂鬱

一

九月一日、午前八時二十九分。

瞬太《しゅんた》が教室の入り口に立つと、どよめきがおこった。

「あっ、沢崎《さわざき》、二年生に残れたのか！」

「よかったね！」

「おめでとう!!」

拍手の中、瞬太は照れくさそうに耳の後ろをかきながら教室に入る。

高校に合格した時でさえ、ここまでの騒ぎではなかった。きっとクラス全員が、瞬太の落第は確実だと思っていたのだろう。

「よく頑張ったね、おめでとう」

委員長こと高坂《こうさか》が、眼鏡《めがね》の奥の賢《かしこ》そうな瞳を細めて、満足げな笑みをうかべている。

「一時はどうなるかと思ったぜ。奇跡だな！」

岡島《おかじま》は、瞬太の背中をばんばんたたきながら、わっはっはっ、と、おっさん臭い笑い声をたてた。

「やっぱりお稲荷《いなり》さまのご加護なのか？」

目を丸くして驚いてるのは、補習仲間だった江本《えもと》だ。

「そ、そうかも。母さんが王子《おうじ》稲荷に熱心にお参りしてたみたいだし」

何も知らないであろう江本に、瞬太はうなずいた。

さすがに言えない。

どうしてもハワイに行きたくて、祥明の厳しい特訓に耐えたなんて。

多少の後ろめたさに頬をそめながら、瞬太は、あははは、と、笑ってごまかす。

「よかったね、沢崎君」

「おめでとう」

さらに何も知らない三井《みつい》と倉橋《くらはし》がお祝いを言ってくれた時には、瞬太の顔は真っ赤だった。

「あ、うん、あ、ありがとう」

「よかったね！」

もごもごしている瞬太に声をかけてきたのは、画数占いで陰陽屋《おんみょうや》に来たことがある青柳恵《あおやぎめぐみ》だ。さすがにもうくちなしの匂いはしないが、まっすぐな長い髪に、くっきりした眉は相変わらずである。

「このタイミングで落第なんてことになったら、悲惨すぎるもんね」

「うん。あやうく修学旅行がおあずけになっちゃうところだったよ」

「修学旅行？　気が早いのね。そのまえに文化祭でしょ？」

「あ、そっか、文化祭もうすぐだね」

修学旅行で頭がいっぱいで、文化祭のことなどすっかり忘れていた。言われてみれば、あと半月ほどである。

「そうだ、文化祭のことで、今度相談にのってもらえるかな？」

「え？」

文化祭のことで、青柳が瞬太に相談ごとがあるとは思えない。もしかして、今は人前だから文化祭を口実にしているけど、実はまた、養子縁組のことでもめていたりするのだろうか。

「うん、いつでもお店に来て」

「本当!?　ありがとう！」

青柳は嬉しそうな顔で、自分の席に戻って行った。

朝のホームルームで、井上《いのうえ》先生が開口一番に発した言葉も、「沢崎君、よく頑張りましたね」だった。

だがさすがは井上先生、クギをさすことも忘れない。

「ここで気をゆるめて、また授業中ずっと居眠りしたりしないでくださいね。二学期の成績があまりに悪かったら、今度こそ一年生に逆戻りですよ」

「は、はい」

瞬太はビクッとする。

とにかく一月の修学旅行までの辛抱だ。

三井とハワイに行くことができさえすれば、後はもう落第でも中退でもかまわない。

……とはいえ、井上先生って、あいかわらずいい声なんだよな……。どうして、オペラ歌手にならなかったんだろう。声優でもよかったんじゃ……

はやくも睡魔《すいま》の登場である。

二

「沢崎、ホームルーム終わったよ」

高坂に肩をゆすられ、寝ぼけまなこで時計を見ると、十二時五十分だった。

「……もう終わり？」

「今日は始業式とホームルームだけだったからね。午後の授業はなし」

高坂は呆《あき》れることなく、丁寧に説明してくれる。さすがは委員長だ。夏休みの間ずっと、この調子で妹と弟の面倒をみていたのだろう。

「あー、しまった。今日から二学期だから四時に行くって、祥明に言っちゃった」

「とりあえず昼飯行こうぜ。食堂あいてるかな？」

岡島の提案で、江本を入れた昼食四人組は、校内の食堂に移動することになった。

部活などで午後も学校に残る生徒が多いのか、それなりに人がいる。

「あら、沢崎君。落第しないですんだんだって？　よかったわね。母と心配してたのよ」

トレーを持ったまま、通りすがりに祝福してくれたのは三年生の竹内《たけうち》だ。亡くなった祖父が化けギツネだったせいか、髪の色も目の色もやや明るい。

「ありがとう。でもまさか三年生の竹内さんまで知ってるなんて……」

「陰陽屋さんのキツネ君は有名だからね」

竹内はクスッと笑う。

「そういえば、アジアンバーガーのお兄さんはその後どうしてる？　このまえお昼を食べに行った時には、見かけなかったんだけど」

竹内の兄はハンバーガーショップの店員なのだが、働きすぎで、陰陽屋の前で倒れたことがあるのだ。

「例の魔性の女店長が転勤になって、ちゃんと休みをもらえるようになったみたい。陰陽屋さんにくれぐれもよろしく伝えておいて」

「うん、わかった」

短い立ち話を終えると、瞬太はカウンターでエビピラフを選び、高坂の隣に腰をおろした。高坂は冷やし中華、岡島はカツカレー、江本は今日の定食の和風ハンバーグだ。

「あの三年生女子、まえ、うちの教室までおまえに会いに来てたよな？」

江本は自称恋愛エキスパートなのだが、特に年上の女子チェックにはぬかりがない。

「お客さんだよ。陰陽屋さんによろしく、だって」

「さっきの青柳といい、沢崎ってけっこう女子に声かけられる率高いよな」

「だから青柳もお客さんだって」

瞬太が女子に呼びとめられる時は、八割方、陰陽屋のお客さんなのである。

「いいな、おれも陰陽屋でバイトしたいな」

「おれも江本と替わりたいよ。祥明《しょうめい》の顔なんて見たくもないし」

瞬太が口をとがらせると、三人は顔を見合わせた。一瞬、微妙な空気が流れる。

「そんなに店長さんの特訓、厳しかったの？」

高坂の質問に、瞬太は大きくうなずいた。

「あいつ容赦ないからさ」

「うーん、楽しいことばっかりじゃないか」

江本は神妙な顔で腕組みをする。

「沢崎が弁当じゃないって珍しいな」

瞬太のエピピラフを見て岡島が言った。

「父さんは徹夜でガンプラを仕上げて、ダウンしてるんだよ。今日が世界選手権の締め切りだったから」

「ガンプラにも世界選手権ってあるのか」

「うん。すごい数の応募があるから、一次選考の写真審査を突破するだけでも大変らしいよ」

「写真審査があるのか。ミスコンみたいだな」

うほほ、と、岡島が変な声で笑う。

「ネットで見たことあるよ。かなりハイレベルな作品揃いだよね」

「さすが新聞部部長は何でも知ってるな」

「何でもってことはないけどね」

高坂は謙遜するが、瞬太はもちろん、普通の高校生よりはるかに博識であることは間違いない。高坂にきけば、たいていのことは答えてくれるのである。

「そうだ、青柳に言われるまですっかり忘れてたんだけど、もうすぐ文化祭だよね。うちのクラスは何をやるの？」

「二年生だから演劇だよ」

「ああ、そうか」

飛鳥《あすか》高校の文化祭では、一日目に演劇コンテストがあり、二年生は必ずクラス単位で参加するという伝統があるのだ。

ちなみに去年の演劇上演中、瞬太はひたすら熟睡していたので何も覚えていない。

「で、どんなお芝居やるの？　今度こそタイタニック？」

瞬太の問いに、高坂はニヤッと笑う。

「王子《おうじ》の狐さ」

「えっ、あの、落語の⁉」

瞬太はびっくりしてききかえした。

「そうそう、あの王子の狐だよ」

二年生の演劇コンテストでは例年、ダンスにかける青春、とか、同級生と三角関係、のような学園ものが多い。出演者が高校生ばかりなのでどうしてもそうなってしまうのだ。だが二組では、ひと味違うものを狙って、王子の狐を選んだのだという。

王子の狐というのは、タイトルの通り、王子を舞台にした化けギツネの噺《はなし》だ。

ある日、王子稲荷にお参りをした男は、たまたまキツネが美しい女性に変身するところを目撃した。どうやらこれから人間を化かそうとしているらしい。

ここはひとつ化かされたふりをしてやろう、と、考えた男は、「お玉《たま》ちゃん、おれだよ、熊《くま》だよ」と、美女に声をかけた。

お玉ちゃんという人間と勘違いされているのだと思ったキツネは、まさか自分が騙《だま》されているとはつゆ知らず。男に誘われるまま、近くにある有名な扇屋《おうぎや》という料理屋に入ってしまうが……。

——という、化けギツネが人間に化かされてしまう、あっとびっくりなストーリーである。

「王子の狐やるなんて知らなかった……」

「沢崎はいつもホームルームの間寝ているからなぁ。あ、授業中もか」

江本がプッと笑う。

「それで、お玉ちゃんの役は誰がやるの？」

「演劇部の青柳さん。今年は倉橋《くらはし》さんが早々と出演できませんって宣言したから、ヒロイン役をめぐる騒動もなく、平和に決まったんだ」

去年は最初、タイタニックを倉橋怜《れい》主役でやろうという企画だったため、相手役の座をめぐる女子二人の壮絶な戦いが繰り広げられた。しかし結局、倉橋が辞退したため、演劇はとりやめとなり、タイタニックは幻で終わったのである。

「青柳さんはさすがに上手いね。声のだしかたからして全然違う」

「へー、そうなんだ」

青柳は陰陽屋に来た時も、自分は演劇部だから名字が大根《おおね》にかわるのが嫌だと言っていたし、ひょっとしたら本気で女優をめざしているのかもしれない。

「おれも芝居にでるんだぜ」

岡島がニヤリとする。

「何の役？　お玉ちゃんを騙す人間の男？」

「いや、扇屋の主人。店員たちを叱るシーンにちょろっとでるだけだから、セリフも三つしかないけどな」

「ああ、わかるわかる。岡島は貫禄《かんろく》あるし、ぴったりだよ」

「まあな」

要は実際の年よりふけていて、しかも腹がでているのが貫禄の源なのだが、岡島はまんざらでもなさそうである。

「江本も何かやるの？」

「おれは照明。お玉ちゃんをかわいく照らすぜ」

「男は照らさないのか？」

岡島のつっこみに、江本は、ヘッ、と、肩をすくめた。

「男を照らすなんて電気の無駄だろ。特にお玉ちゃんをだます態はな」

「あいつは暗くていいけど、おれは照らせよ」

「考えとく」

「あれ、もしかして、おれも寝ている間に何かやることになってる？」

クラス全員参加の行事がある時は、いつも、高坂が適当な係に推薦しておいてくれるのである。

「沢崎は僕と一緒で宣伝班だよ。ポスターやチラシをつくって、校内にはりだす仕事。つくるっていっても、イラストは映画アニメ研究会の女子が描いてくれることになってるから、文字をいれるだけだけどね」

「わかった。おれ、デザインは無理だけど、貼ったり配ったりするのはやるよ」

「頼んだよ」

高坂はにっこり微笑《ほほえ》む。

「あ、そうだ。四時まで暇なんだったら、新聞部に顔をださないか？　こっちもそろそろ文化祭の企画を煮詰めないと」

ようやく念願の新聞部に昇格しての文化祭である。高坂は口にはださないが、気合いがはいっているに違いない。

「いいよ。で、新聞部の方は何をやるか決まってるの？」

「岡島と江本の熱い希望で、今年も手相占い屋だよ。去年好評だったし」

岡島と江本はニカッと笑った。

二人が手相占い屋を希望した理由は、容易に想像がつく。堂々と女子の手をさわれるからだ。しかも女子の方から手をさしだしてくるのである。

「おれは何をやればいいのかな？」

「役割分担は今日決めるつもりだけど、沢崎は手相を覚えるの苦手だし、今年も陰陽屋の童水干《わらべすいかん》を着て、お客さんの呼びこみしてくれると助かるよ」

「うん、わかった。祥明に言っとく」

ふと気がつくと、二人の会話を岡島と江本があきれ顔で見ていた。

「あのさ、委員長」

「ん？」

「夏休みが終わったばかりでお兄ちゃんモードが抜けないのはわかるけど、新聞部では沢崎の面倒をみすぎないように気をつけた方がいいよ。白井《しらい》がまた勘違いしちゃうから」

「そうだった……」

高坂の委員長スマイルがひきつる。

一年生の白井友希菜《ゆきな》は、高坂が自分を振り向いてくれないのは、瞬太のことが好きだからに違いない、と、固く信じているのである。

もちろん二人は全力で否定し続けているのだが、ちっとも聞き入れてくれないのだ。

「気をつけるよ」

瞬太も神妙な顔でうなずいた。

三

昼食後、四人は二年二組の教室に戻った。

同好会から部に昇格したとはいえ、決まった部室はまだないので、編集会議などで集まる時は、部員が一番多い二年二組の教室を使っているのだ。

瞬太たち四人の他には、隣のクラスの遠藤茉奈《えんどうまな》と、一年生四人が新聞部に所属している。

「今日は文化祭の手相占い屋について相談します」

司会の高坂がやや大きめの声で話す。遠藤が一人だけ離れた席にいるせいだ。新聞部員だが、高坂のストーカーでもあるので、距離をとらないと落ち着かないらしい。

「まず必要なのは占い師係、それからお客さんを呼びこんだり、並んでいるお客さんに校内新聞を配ったりする店番係なんだけど、今年は人数に余裕があるから、取材係が二人くらいいてもいいかなと思っています」

「それは他の部やクラスの企画を取材する係ということですか？　それとも手相占い

屋のお客さんたちを取材するんですか？」

白井が右手をあげて質問した。記事を書く気まんまんのようだ。

高坂が答えようとした時、教室の入り口から、嫌味な声が聞こえてきた。

「あいかわらず無駄に熱心だねぇ、新聞同好会さんは。おっと、悲願の部への昇格をはたしたんだったっけ」

インスタントラーメンのようにくるくる巻いた髪を人差し指にからめ、ふふふっ、と、微笑《ほほえ》む。パソコン部の浅田《あさだ》真哉《しんや》だ。高坂を敵視し、何かと新聞部にちょっかいをだしてくる迷惑なやつである。

「僕たちに何か用？」

高坂にしてはつっけんどんな問いかけに、浅田は肩をすくめた。

「ノートをとりにきただけさ。入らせてもらうよ」

「どうぞ」

こんなやつでも二年二組の生徒なので、だめとは言えない。

浅田は悠然と教室に入ってくると、黒板を一瞥《いちべつ》した。

「ふーん、手相占い、ね」

「邪魔だからノート持って、さっさと出ていけよ」

江本のクレームを無視して、浅田は話を続ける。

「今年は我がパソコン部も占い屋をやるよ。ゲーム班が珍しい占いソフトを手にいれてね」

「どうせ星占いだろ」

岡島が言うと、浅田は待ってましたとばかりに、意地の悪い笑みをうかべた。

「六壬式占《りくじんちょくせん》だ」

「えっ⁉」

驚いて顔をあげたのは、半分うつらうつらしていた瞬太だ。

六壬式占といえば、祥明が得意とする陰陽師の占いではないか。

「陰陽屋では古臭い式盤《ちょくばん》を使って占ってるらしいけど、探してみたら市販のソフトがあったのさ。一瞬にしてパソコンで占い結果がだせるんだよ。ちなみに中古屋では五百円でたたき売られてたらしいけどね。このことが広まったら、もう陰陽屋さんに行くお客さんはいなくなっちゃうかもなぁ」

「ええええっ⁉」

お客さんがいなくなったら、ただでさえ安いバイト代がもっと安くなってしまう。それどころか、陰陽屋がつぶれてしまうかもしれない。

瞬太は職場の危機に青ざめた。

四

秋とは名ばかりの強くまぶしい陽射しの中、瞬太は息をきらしながら、陰陽屋の階段をかけおりた。額からは汗がだらだら流れている。

「大変だよ、祥明！　陰陽屋の大ピンチだ！」

黒いドアをあけながら叫ぶ。

「またパソコン部の浅田だよ！　あいつが占いソフトを手に入れたって言うんだ！」

「もしお客さんがいたらどうするんだ」

休憩室で本を読んでいた祥明に、扇でぺしっと頭をはたかれた。

「うう、ごめん。でも本当に大変なんだよ」

瞬太は教室で浅田から聞いた話を、祥明に伝えた。

「六壬式占の占いソフト？　そんなものがあったのか。なかなかレアだな」

祥明も初耳だったらしい。

「一瞬で占い結果がでるんだって。まずいよね、そんなものを買えることがわかったら、わざわざ陰陽屋に来るお客さんがいなくなっちゃうんじゃない？　どうしよう」

「全然気にすることはない。占いだけが陰陽師の仕事じゃないからな」

「そりゃ、お祓《はら》いや祈禱《きとう》のお客さんもいるけどさ。でも、一番多いのは占いのお客さんだよね。八月なんて、売り上げの半分以上が、万里子《まりこ》さんの占いだったんじゃない？　それが全然来なくなったら……」

「閉店だろうな」

あっさりと祥明は認めた。

「わかってるの!?　失業だよ!?」

「そうなったら雅人《まさと》さんに頼んで、どこかのホストクラブを紹介してもらうかな」

祥明はあっさりしたものである。だが瞬太はそうはいかない。

「おまえには転職のあてがあるからいいよな。でもおれはホスト向いてそうもないし……」

「まだ十七歳だろう？　向き不向き以前の問題として、年齢的に無理だ」

「えっ、そうなの!?」

「あたりまえだ。酒が飲めない子供にホストがつとまるか。バイト先がなくなったら、高校生らしく勉強に専念したらどうだ？」

「うう……」

超がつくくらい苦手な勉強に専念しろだなんて、祥明は本当に意地が悪い、と、瞬太は腹立たしく思う。

心の中で地団駄をふむが、浅田の陰謀にどう対抗すればいいのか、さっぱり思いつかない。

浅田はいつも、高坂と新聞部と陰陽屋を目の敵《かたき》にしているのだが、今回は陰陽屋にターゲットをしぼってきたのだろうか。いや、それだけのはずはない。占い屋をぶつけることによって、新聞部のお客さんを半分横取りするつもりなのだろう。

まったく浅田らしい、ずる賢い作戦である。

はたきを持ったまま店内をぐるぐる歩きまわっていると、軽やかな靴音が階段をおりてくるのが聞こえてきた。

「お客さんかな？」

はたきを提灯《ちょうちん》に持ちかえ、黒いドアをあける。

ドアの前に立っていたのは、瞬太のクラスの青柳だった。早速、相談に来たのだろう。

「いらっしゃい。祥明なら中にいるよ」

「え？　あたしが相談したいのは沢崎君なんだけど」

「おれに？」

「うん、化けギツネのことで」

そう言いながら、瞬太の三角の耳をじっと見ている。

「ああ、王子の狐でお玉ちゃんをやるんだってね」

「そう、それでこの耳なんだけど……」

青柳が三角の耳に手をのばしてきたので、瞬太はさっと後ろにさがった。

「さわっちゃだめなの？」

「つけ耳が壊れたら困るから。けっこう高いんだよ」

「ふーん。でも本当によくできてるよね、耳も尻尾《しっぽ》も。本物みたいに動くし、もふもふの毛並みもいい感じだし。って言っても、本物の動きは見たことないんだけど」

「ほ……本物の狐なら井《い》の頭《かしら》の動物園にいるから、見に行くといいよ」

尻尾がぴょんと動きそうになるのを、急いで手でおさえる。

吉祥寺駅のすぐそばにある井の頭自然動物園では、ホンドギツネとフェネックギツネが飼育されているのだ。

「井の頭のホンドギツネはもう見てきたよ。動きの参考にしようと思って。でもずっと昼寝してて、沢崎君みたいだった。フェネックは小さくてかわいいけど、イメージと違うのよね」

「へ、へぇ。それより、何か相談があるんじゃなかったの？」

「ああ、だから、その耳と尻尾を文化祭の日に貸してほしいんだけど」

「えっ、おれに相談って、耳と尻尾のこと!?」

今度こそ尻尾がぴょんとはねあがった。

「うん。小道具担当の子たちに、沢崎君のつけ耳みたいによくできたのをつくるのは無理だって言われたから、借りるしかないと思って」

「だめだよ、これは貸せないよ！」

瞬太は両手で自分の耳を押さえる。

「どうして?」

「どうしてって……どうしても無理だから!」

本物だから取り外せないのだ、と、断るわけにもいかず、瞬太はしどろもどろだ。

背後で、プッ、と、祥明がふきだすのが聞こえる。

「何を笑ってるんだよ!」

「いやいや」

祥明はクックックッと笑いながら、口もとを銀色の扇で隠した。

「陰陽屋へようこそ、お嬢さん。その後、名字の問題は解決しましたか?」

青柳に極上の営業スマイルをむける。

「時間をかけて話し合うことにしました。伯母《おば》さんとも、父とも」

「そうですか、それがいいでしょうね」

「それより店長さん、この沢崎君が使っている耳と尻尾なんですけど、文化祭まで貸してもらえませんか?」

残念ながら、青柳は当初の目的を忘れていなかった。たいていの女子は、祥明の営業スマイルでぽーっとなってしまうのだが、どうやら青柳にはもう免疫がついてしまったようだ。

「申し訳ありませんが、それはできません。キツネ君は陰陽屋の大事なマスコット式《しき》神《がみ》ですが、耳と尻尾がなくなってしまうと、ただのむさ苦しいアルバイト男子高校生になってしまうんですよ」

むさ苦しくて悪かったな、と、喉《のど》もとまででかかったが、耳と尻尾のレンタルを断ってくれようとしているのは感じられたので、瞬太はぐっと我慢した。

「沢崎君は耳がなくても、この着物だけで十分かわいいと思いますけど、陰陽屋さんの式神はキツネじゃないとだめなんでしたっけ。残念です」

青柳はまだ未練がましく、瞬太の狐耳をちらちら見ている。

「このつけ耳ってどこで買ったんですか？」

「秋葉原《あきはばら》のコスプレ用品店です。もっとも買ったのは二年前なので、まだ同じものを売っているかどうかわかりませんが。狐耳が品切れだったら、猫耳の白を買って色を塗るのが手っ取り早いですよ」

祥明は、さらさらと嘘をついて誤魔化《ごまか》してくれる。

「わかりました、小道具係の子たちに伝えておきます」

青柳はやっとあきらめてくれたようだ。

「じゃあ今日はこれで。お仕事中、お邪魔しました」

「うん、あの、耳と尻尾、貸せなくてごめん」

瞬太はぺこりと頭をさげる。

「ううん、仕事用だもんね。仕方がないよ」

「きっと伯母さんも、文化祭の舞台を観に来るんだよね？　主役って大変そうだけど、青柳なら大丈夫だからがんばって」

「実は父も来るって言ってるの」

「すごいじゃん！」

「そんなことは……あるかな。ここではち合わせるまで、十年以上会ってなかったんだもんね。陰陽屋さんのおかげだよ。ありがとう」

青柳ははにかんだように微笑んで、頭をさげた。

「青柳とお父さんが仲直りして、おれもすごく嬉しいよ」

「沢崎君は優しいんだね」

「えっ、いや、おれも一応養子仲間として、青柳のこと気になってたから……」

女子に優しいなんてほめられたのは、初めてかもしれない。瞬太は照れた顔で、三角の耳の裏をかく。

「じゃあまた明日、学校でね」

にこりときれいな笑みをうかべると、宵闇《よいやみ》の中、青柳は階段をあがっていった。

「沢崎君って優しいんだね、か。キツネ君もなかなか隅におけないな」

祥明は扇ごしに、ふくみ笑いで瞬太をひやかす。

「あのお嬢さんのキツネ君への好感度は、なかなか高そうじゃないか」

「えっ!?」

「耳と尻尾を貸してあげられれば、更に好感度アップできたのに、惜しかったな」

「な……何を言ってるんだ！」

瞬太の抗議を無視して、祥明はさっさと休憩室へ戻っていった。

五

夜になると、蟬《せみ》以外の虫たちの鳴き声がふえはじめ、耳だけは秋の涼しさを感じることができる。

八時半すぎに瞬太が帰宅すると、久しぶりにみどりがエプロンをつけて晩ご飯の支度をしていた。

「あれ、父さんは？」

「まだ寝てるわ。久しぶりに徹夜して、かなりこたえたみたい」

みどりは、ププッ、と、明るく笑う。

瞬太が制服から着替えて食卓につくと、大根とサバ缶の煮物、焼きナス、みそ汁が並んでいた。

「さっぱり系だね」

「なんと、冷蔵庫をあけてみたら、ほぼからっぽだったのよ。慌《あわ》てたわ。幸い青魚の缶詰だけはいっぱいあるから助かったけど」

「青魚はもういいんじゃない？　追試も終わったし」

「油断大敵よ。今日は学校はどうだった？」

「始業式だけで授業はなかった。でもパソコン部の浅田が……」

瞬太は占いソフトのことをみどりに話した。

「一難去ってまた一難って言うんだっけ、こういうの……」

瞬太が顔をしかめながらぼやくと、みどりは驚いて目を見張った。

「瞬ちゃんがそんな難しい日本語を使えるようになるなんて、やっぱりＤＨＡの力はすごいわねぇ」

「このくらい前から知ってたよ！」

頬をふくらませて抗議する。

「ごめんごめん。でもまさか式盤を使う占いのソフトがあったなんてねぇ」

「やっぱり祥明よりパソコンの方が、速くて正確なのかなぁ」

「うーん、それはどうかしら。占いソフトなんて玉石混淆《ぎょくせきこんこう》だから、使ってみないことには何とも言えないんじゃない？」

「そっか……」

「ここは母さんが文化祭に行って、実際にパソコン占いをテストしてきてあげるわよ」

「絶対に来ないで！」

瞬太は即答した。

去年もみどりと吾郎《ごろう》がそろって文化祭にあらわれて、高校生の親とは思えない過保護ぶりがクラスメイトたちに知られてしまい、かなり恥ずかしかったのだ。

それに、なにかと両親から放っておかれがちな三井に、また寂しい思いをさせてしまうのは絶対にくいとめたい。

しかし、オカルトとスピリチュアルと占いが大好きな母にパソコン部の話をしたのは、失敗だった。

「でも、ＰＴＡの無料休憩所を手伝いに行かなきゃいけないし」

案の定、みどりはすんなり引きさがろうとしない。

「そんなの父さん一人で十分だから」

「そうかしら？　たしかに父さんは去年、ジュース運びや机並べの力仕事で重宝されてたけど、母さんの皿洗いのスピードもなかなかのものなのよ？」

「お皿くらい誰でも洗えるから」

「えー」

瞬太はわかってないわね、主婦の本気はすごいんだから、と、みどりは不満顔である。

「とにかく来ないで！」

「わかったわよ」

みどりはしぶしぶうなずいた。


翌朝。

いつものように始業チャイム一分前に教室にすべりこむと、すっ、と、青柳が近づいてきた。

「沢崎君、昨日はありがとう。早速、小道具係の人たちに、つけ耳とつけ尻尾は秋葉原のコスプレショップで探してって頼んでおいたわ」

「あ、うん」

秋葉原にちょうどいいのがあるといいけど、と、瞬太は後ろめたい気持ちで視線をそらす。

たまたま三井が視界にはいった。今日も倉橋が一緒で、顔をよせ、何やら楽しそうに話をしている。

「でも昨日せっかくお店まで行ったのに、舞台の成功祈願をしてもらうのを忘れちゃったから、また今度行くわね。陰陽屋の店長さんによろしく伝えておいて」

青柳がよく通る声で「陰陽屋の店長さん」と言ったのが聞こえたのだろうか。こちらをむいた三井と目があう。

だがそれは一瞬で、三井はすぐにまた倉橋の方をむいてしまった。

ただ倉橋と話がはずんでいるだけなのだろうとは思うが、なんだか寂しい。

「あと、陰陽屋のお守りもほしいんだけど」

「うん、わかった……」

青柳に生返事をしながら、瞬太は心の中でため息をついた。

六

まだ三十度をこえる暑さだが、今日の昼食は屋上でとることにした。食堂だと浅田に邪魔されるおそれがあるからだ。

「遠藤さんが調べてくれたんだけど、浅田はどうやら去年の沢崎の一件でＷＥＢのチームからはずされたのを、いまだに根に持ってるみたいだね」

高坂の話に、瞬太は、うへぇ、と、顔をしかめた。

浅田は去年、瞬太が王子稲荷で拾われた赤ん坊で、その正体は化けギツネである、という暴露記事を校内向けＷＥＢサイトに掲載して、学校側から厳重注意を受けたのである。幸い「化けギツネなんかいるわけないじゃん」とみんながスルーしてくれたおかげで、大事にはいたらなかったのだが。

「ケッ、浅田の自業自得なのに、とんだ逆恨みだぜ」

岡島も不愉快そうに鼻にしわをよせると、豚角煮のおにぎりをガブリとかじった。例によって早弁してしまったため、購買のおにぎりである。

「占いソフトについて、陰陽屋の店長さんは何か言ってた？」

高坂はハムと卵のピタサンドをビニール袋からだしながら瞬太に尋ねた。高坂の両親は美容院の開店準備で朝忙しいため、いつも昼食はコンビニか購買のパンである。

「占いソフトがあることも知らなかったみたいだね。もし占いのお客さんが来なくなったらどうするんだよってきいたら、またホストにでも戻るかな、って、あんまり本気で心配してないっていうか、どうでもいいみたいな感じだった」

瞬太は今日からまた吾郎の弁当である。鳥の唐揚げと、イワシの生姜煮《しょうがに》と、エビチリソースにブロッコリーの塩ゆでだ。

「さすが余裕だな」

たらこのおにぎりを頬ばりながら、江本が感心したように言う。

「陰陽屋さんは常連客が多いしね」

「その点、わが新聞部の手相占い屋はまだ二回目だから、常連客なんて全然いないし、厳しいなぁ」

むーん、と、江本は腕組みする。

「まあでも、どうせ無料だし、お客さんが来ても来なくても儲《もう》けはないっていう点では、僕たちは気軽だよね」

あえて明るい調子で高坂は言ったのだろうが、江本は顔色をかえた。

「何を言ってるんだ、委員長！　浅田にまた嫌味な自慢をされてもいいのか!?　これまで新聞部と沢崎がどれだけあいつにひどいめにあわされてきたか、おれは絶対忘れないよ！」

「浅田は本当にろくなやつじゃないよな！　おれのバイト先を閉店においこもうとするなんて！」

瞬太も、江本に賛同する。

「第一、お客さんが来ないと……せっかく手相を覚えても……」

江本が深刻な表情で、右手のこぶしをぐっと握った。

「女子の手が握れないじゃないか！」

さくっと岡島が本音を言う。

「えーと、まあ、理由はともかく、みんな、手相占い屋に前向きで嬉しいよ」

高坂は苦笑まじりにうなずいた。

「当然だろう、おれたちも新聞部の一員だからな。幽霊部員だけど」

岡島はなかなか鼻息が荒い。

「とはいえ、どうすればパソコン部の占いソフトに対抗できるのか、具体的な作戦をさっぱり思いつかないな」

江本の弱気発言に、瞬太もうなずいた。

「うん、おれも……。祥明もあてにならないし」

「それは僕もだよ……」

「当然おれもさ」

ちっとも秋らしくない積乱雲の下、四人は一斉に頭をかかえたのであった。


ここちよい風が吹きぬけ、南の空に明るい月が見える夜八時すぎ。

瞬太が陰陽屋のアルバイトを終えて帰宅すると、徹夜疲れから復活した吾郎が大量の晩ご飯をつくってくれていた。食卓にはいつもの倍ほどの数の皿がならんでいる。牛肉の焼きマリネ、ほうれん草の白あえ、マーボーなす、エビワンタンスープ、かぼちゃのそぼろあんかけ、菊の花が入った小松菜と油あげのおひたし、そしてさんまの刺身。

「昨日は悪かったね」

目が覚めたらまるまる二十四時間たっててびっくりしたよ、と、吾郎は平謝りだ。

「ご飯のことなら母さんがつくってくれたから大丈夫だよ。それよりガンプラが締め切りに間に合ってよかったね」

「うん、初チャレンジだし、とりあえず参加経験だけでもって最初は思ってたんだけど、いざとなると、一次予選くらいは突破したいなぁって欲がでちゃってさ」

ちょっとでも見ばえのいい写真がとれないか、ああでもないこうでもないって、つい年甲斐《としがい》もなく熱くなっちゃったよ、と、吾郎は照れ笑いをうかべる。

「一次予選の結果っていつでるの？」

「ええと、今年は九月十六日頃だったかな」

「じゃあもうすぐだね」

「そ……そうか、結果発表までもう二週間しかないんだな……」

急に吾郎はおしだまってしまった。

「どうしたの？」

「いや、何だか緊張して、ご飯が喉《のど》を通らなくなっちゃったよ」

「えっ、早すぎない⁉」

「わかってるんだけど、結果発表待ちって会社の入社試験以来だから、つい」

「父さん……」

結局、晩ご飯の半分以上を瞬太が一人でたいらげ、残りは冷蔵庫にしまうことになったのである。

吾郎の緊張は翌朝も続いていた。

「しまった！」

吾郎が珍しく大声をはりあげたので、何事かと思ったら、味噌汁と焼き魚はちゃんとできていたのだが、ご飯を炊き忘れていたのである。

「……ご飯のかわりにパンでいいかな？」

「何でもいいよ」

眠いし、適当に答えた瞬太だったが、味噌汁と焼き魚と食パンのとりあわせは不思議なテイストだった。

「父さんでもこんなことってあるんだな」

「本当にごめん。炊飯器のスイッチ押し忘れなんてはじめてだよ」

食事が喉を通らないだけでなく、注意力が散漫になっているようだ。

一次予選の結果発表までだいたい二週間、ずっとこの調子なのかなあ。

思わず瞬太は、首をすくめたのであった。

七

文化祭まであと一週間と迫った土曜の午後。

学校中のあちこちから、模擬店内装のためのノコギリやトンカチを使う音や、クラシックからポップス、ロックまでの楽器演奏、ダンスの練習曲などが聞こえ、とてもにぎやかだ。

二年二組の教室の隅でも、新聞部が手相占いの特訓中である。

「んーっと、恋愛線はいまいちだなぁ」

江本の鑑定に白井は不服そうである。

「本当ですか？　ちょっとその本貸してください」

「えっ、おれはこう見えても、去年陰陽屋さんで特訓してもらったセミプロだよ？」

「はいはい、一年ぶりだからもうよく覚えてないって、ひとに練習台を頼んでるセミプロですよね。いいから本見せてください」

江本はしぶしぶ手相占いの入門書を白井にわたした。

「恋愛線は小指の下の……えっ、やだ、本当にプチプチ途切れてる」

「だから言っただろ」

「……手相占いなんて非科学的なもの、信じてませんから平気ですよ」

ぷいっと顔をそむけると、たたきつけるように本を返す。

「そもそも、そんなたどたどしい手相占いで、パソコン占いに対抗できるんですか？　今からでも壁新聞を張りだすとか、新聞部っぽい企画に切りかえた方がいい気がするんですけど。少なくともパソコン部とはかぶりませんよね？」

白井は江本につけつけと言いつのる。

「ええっ、だって……」

たじろぐ江本にかわって、高坂が間に入った。

「白井さんの意見ももっともだけど、もう実行委員会への企画提出期限をすぎたから変更できないんだよ。パンフレットだって印刷にまわしてるだろうし」

「そうなんですか」

「いろいろ厳しい状況だけど、何とか最善をつくそう」

「高坂先輩がそう言うのなら、がんばります」

にこっと笑顔でうなずく白井を見て、江本は肩をすくめるのであった。


街灯がぽつりぽつりとともりはじめる夜七時すぎ。

瞬太が階段でほうきを動かしていると、軽やかな靴音が近づいてくるのが聞こえた。顔をあげると、帰宅を急ぐ社会人や専門学校生の中、飛鳥高校の夏服とまっすぐな長い髪が目に入る。

「あれ、青柳？　今帰り？」

「うん、文化祭の練習が長引いちゃって」

「そっか、ヒロインは大変だな」

「沢崎君こそ、こんなに遅くまで毎日バイトしてるなんて、大変だね。けっこう暗いけど、ゴミとか見えるの？」

瞬太は夜目がきくので、街灯と一階のクリーニング屋の照明で十分見えているのだが、普通の人には暗いらしい。

「えーと、まあ、おおざっぱにはいてるだけだからいいんだよ。それより何か用？　あ、お守り買いたいって言ってたっけ」

「うん、あと、舞台の成功祈願と占いをお願いしたくて」

「占い？　女子は好きだよね」

瞬太は明るく笑うと、階段をかけおりた。黒いドアをあけて、祥明を呼ぶ。

「祥明、青柳さんだよ！　成功祈願と占いと護符だって！」

「おや、お嬢さん、いらっしゃい、陰陽屋へようこそ」

休憩室からでてきた祥明が、ご機嫌な営業スマイルで出迎える。

「占いの内容は、公演の成功ですか？」

「それと、全体的な運気と……あと、あの、恋愛運を」

「かしこまりました。それではこちらへどうぞ」

祥明は青柳をテーブル席に案内した。


月曜日の朝。

いつものように始業ベルぎりぎりに瞬太が教室にすべりこむと、信じられない光景が目に入った。

三井の耳がもふもふになっていたのである。

「み、三井……？」

「あ、きたきた。沢崎君、こんな感じでどう？　陰陽屋さんのアドバイス通り、白い猫耳を加工したんだって」

三井の隣でつけ耳を検分しているのは、青柳である。

「黒ときつね色とピンクのバランスは、沢崎君の耳を参考に塗ってみたんだけど……大丈夫かな？」

どうやら三井も、小道具係の一員だったらしい。

瞬太はつい、狐耳の三井に見とれてしまう。

「うん、大丈夫。めっちゃ可愛《かわい》い」

「そ……そう？」

三井は恥ずかしそうな顔をして、つけ耳をはずした。

「青柳さん、つけてみて」

「うん、いい感じ。あ、でも、ちょっとゆるいかな？　お店の中を逃げ回るシーンはけっこう動くから、気持ちきつめがいいと思う」

青柳はつけ耳を手で押さえながら確認する。まるでプロの女優のようだ。

「みんな席につきなさい」

パンパンと手を鳴らしながら、井上先生が教室に入ってきた。いつの間にかチャイムが鳴っていたらしい。瞬太も慌てて着席する。

もうすぐ文化祭なんだなぁ。

……浅田の嫌がらせさえなければ、楽しい行事なのに。

瞬太がチラッと浅田の方を見ると、ニヤリと余裕の笑みを返されてしまった。

まったく感じの悪い奴である。

それにしても三井がつけ耳の担当だったなんて。どうして直接おれに狐耳のことを聞いてくれなかったんだろう？

……そうか、三井は三井で、きっと気まずいんだ。

そういえばここ二ヶ月ばかり、陰陽屋にも来てない気がする。

三井は優しいから、おれの前で祥明と話すのは悪いと、遠慮してくれているのかもしれない。

どうしたらいいんだろう。

ぐるぐる考えていたら、じわりと眠気がしのびよってきた……。

それから数日間は、秋がくることなど永遠にないのではないかと疑いたくなるくらい、むし暑い日が続いた。

夜になっても、エアコンをきった途端、汗がにじみ、庭先のジロは、地面の上に寝そべって、なけなしの涼を求めている。

夕食後に吾郎が梨の皮をむきはじめて、ようやく、もう九月中旬なのだと思い出す始末だ。

「今度の文化祭でパソコン部が占いソフトを使って占い屋をやるらしいんだけど、それが、六壬式占なんだよ」

「ふーん、そうなんだ」

瞬太が話しかけても、吾郎はすっかり上《うわ》の空《そら》だ。そもそも皮をむく手がとまっている。きっとまたガンプラの一次予選のことで頭がいっぱいなのだろう。

「父さん、聞いてる？」

「え、ああ……あっ！」

吾郎は右手に持っていたくだものナイフで、左手の親指を切りつけてしまった。たらりと血が流れる。

「母さん、父さんが指を怪我しちゃったよ！」

慌ててみどりをよぶ。

「あらま、やっちゃったわね。縫《ぬ》うほどじゃないけど、しばらくは痛いわよ」

みどりは手早く消毒して、密封式の絆創膏《ばんそうこう》をぴたりとまいた。

「なるべくこの指は使わないでね」

「あー、しまった、文化祭でＰＴＡの休憩所を今年も手伝いに行くことになってるのに、これじゃ力仕事できないかなぁ」

「じゃああたしが行くわ。たまたまその日は休みだし」

「本当にたまたまなの……？」

瞬太は疑いの目をみどりにむける。

「もちろんよ」

みどりは胸をはるが、どうもあやしい。パソコン部の占いソフトが気になって、休みをもぎとったのではないだろうか。いや、きっとそうだ。

「悪いね、母さん。役員さんには連絡しておくから」

「大船に乗ったつもりでまかせて」

たいしたことないとはいえ、夫が怪我をしたというのに、みどりの顔にはラッキーと書かれている。

しかしこの注意力散漫な吾郎が文化祭の手伝いに行っても、コップを倒したりジュースを間違えたりするのが関の山なので、みどりの方が役にたつのは間違いない。

「仕方ないけど、でも、絶対に校内をうろうろしないでよ！」

「はいはい」

みどりはにっこり笑ってうなずいた。

八

そうこうしているうちに、あっというまに文化祭当日がきてしまった。

九州に台風が接近している影響か、風は強いが、よく晴れている。

一日目は二年生六クラスによる演劇コンテストのみで、他の展示企画やパフォーマンスなどはおこなわれない。保護者や卒業生への公開もなく、実質的には前夜祭のようなものである。

一年生の時は、知り合いがでていないことと、観客席が暗いことのダブル効果で、気持ちよく一日中熟睡してしまった。だが、今年は青柳と岡島がでるので寝るわけにはいかない。

宣伝係は、当日は特にやることはないのだが、一応、舞台袖《そで》待機である。

「沢崎、そろそろうちのクラスの出番だよ」

高坂に肩をたたかれ、はっと目をさました。一組の演劇の間、立ったまままうとうとしてしまったらしい。

青柳の化けギツネぶりはなかなかのもので、三井がつくった狐耳がよく似合っている。コミカルなしぐさもかわいらしい。

お玉ちゃんをだまして、ただで扇屋で飲み食いする人間の男は、なんと浅田だった。小ずるい雰囲気を見込まれてのキャスティングだったのだろうが、あがっているのか、動きがぎこちない。男なんか照らす必要がない、と、江本が言っていたのも当然である。

おやじ臭さを見込まれて扇屋の主人に抜擢された岡島の演技は、堂々たるものだった。ほとんど地なのだが、異和感がまったくない。高校生というのは世を忍ぶ仮の姿で、実は大企業の重役なのではと疑わせるくらいだった。

二組の「王子の狐」が終わった後は、ようやく席について、観劇という名の睡眠タイムだ。六組の上演が終わるまでパイプ椅子で眠り続けたので、背中やお尻が痛い。

「終わったよ、沢崎」

高坂がおこしてくれた時には、演劇コンテストは無事終了した後らしく、生徒たちが体育館から教室にぞろぞろ戻っているところだった。

「王子の狐はどうだった？」

「作品としては二位だったけど、青柳さんは主演女優賞をもらってたよ」

「一位じゃないのは浅田のせい？」

「それもあるけど、四組の脚本が面白かったから……」

「いーや、絶対浅田のせいだね！」

高坂の冷静な分析を江本がさえぎる。

だが自分への悪口を聞き逃す浅田ではない。

「今日は寝違えのため首を痛めてしまって、万全の演技ができなかったんだよ。痛恨の極みだ」

江本をキッとにらみつける。

「この失態は明日とりかえさせてもらうから、楽しみにしていてくれたまえ」

「いや、そこは頑張ってくれなくてもいいんだけど」

江本の答えが耳に入っているのかいないのか、浅田はさっさと行ってしまう。

「あいつ、本当に人の話を聞かないよな～」

チッ、と、江本は舌打ちした。

「あきらめろ、あいつの性格はきっと一生直らない」

岡島が江本に、慰めているんだかいないんだかよくわからない言葉をかける。

「沢崎君！」

教室へ入ると、瞬太はよく通る声で名前を呼ばれた。文字通り今日の主役の青柳である。

青柳は立ち上がると、瞬太の方に小走りでかけよってきた。もう舞台メイクを落とし、衣装も制服にもどっているが、何だかキラキラ輝いて見える。

「主演女優賞もらったんだって？　すごいね！　おめでとう」

「きっと陰陽屋さんで成功祈願してもらったおかげだよ、ありがとう」

「え、青柳の実力だと思うけど」

あんなインチキ陰陽師の祈禱に効果なんてあるわけないし、と、瞬太は心の中でつぶやく。

「……ありがとう！」

青柳はぱあっと嬉しそうな笑みをうかべると、もう一度「ありがとう」を言って、自分の席へ戻っていった。

「おいおい、何だかいい雰囲気じゃなかった？」

江本がうらやましそうな顔で、瞬太の腕をつつく。

「だから陰陽屋のお客さんなんだって」

「ふーん？」

江本は岡島に勝るとも劣らぬ、オヤジ笑いをうかべたのであった。


文化祭二日目の朝がきた。

着々と関東に接近しつつある台風の影響で、空の半分をうめる灰色の雲がすべるように流れていく。幸い雨はまだだが、かなり蒸し暑い。

二日目は、あらゆる教室で作品展示や喫茶店、上映会などの企画が目白押しだ。体育館でも、ダンスやバンド演奏などのパフォーマンスが、一日中繰り広げられる。

パソコン部は得意のネット宣伝を駆使して、在校生はもちろん、保護者たちの話題も集め、朝から大賑わいだ。

「あの陰陽屋と同じ六壬式占が無料で体験できる！っていうキャッチコピー、卑怯だよな。勝手に陰陽屋の名前を使うなっつーの」

江本は口をとがらせる。

「委員長、勝手にお店の名前使うのって法律違反じゃないの？」

「さあ、そのへんは僕もよくわからないけど、営業妨害になるような誹謗中傷《ひぼうちゅうしょう》をしているわけじゃないし、微妙なところだね。店長さんが商標登録していれば別だけど」

「そんな面倒臭そうなこと、祥明は絶対してないと思う」

瞬太の答えに、「そうかあ」と江本は残念そうに肩をおとす。

「浅田に負けないよう、おれも宣伝してくるよ」

陰陽屋の童水干を着た瞬太は、手相占い屋の入り口でせっせとチラシをくばりはじめた。耳と尻尾が目立つせいか、チラシの受け取り率はいいのだが、子供たちが尻尾をさわろうとするのが困りものである。

今のところ瞬太のがんばりの効果はあまりなく、新聞部の客足はぼちぼちだ。今年は高坂、江本、岡島の三人が、占い師を開業中なのだが、交代で昼食をとりに抜けても問題なさそうである。

「やっぱり去年と同じ企画っていうのがまずかったかな……」

責任を感じているのか、江本は頭を抱えるが、今さら変更することもできない。

「ちょっとパソコン室まで偵察、じゃない、取材に行ってきますね！　すぐ戻りますから」

取材係の白井は、デジカメを持ってでていった。

ところが、十五分たっても白井は戻ってこない。

「なかなか帰ってこないね。並んでるのかな？」

「浅田に見つかって、嫌がらせをされたりしてなきゃいいけど」

瞬太と高坂が心配していたところに、ようやく白井が帰って来た。なぜか顔面蒼白である。

「……先輩、どうしたらいいんでしょう。パソコン占いが……」

「そんなに混んでたの？」

高坂の問いに、白井は首を横にふる。

「占い結果はすぐにでるので、混雑はそれほどでもなかったんですけど……、あたし、恋愛運が最悪だって結果がでたんです。もう絶望です」

二年生男子たちは戸惑いながら顔を見合わせた。

「えーと、恋愛運って、今年の？」

「五十代までずっとです。六十をすぎたら良くなるからそこに期待って……六十までなんて待てません！」

二年生たちはプリントアウトされた占い結果を囲む。たしかに初伝、中伝ともに恋愛運が悪いとでている。

「占いソフトが間違ってるのかもしれないし、そんなに気にしないでも大丈夫じゃないかな？」

慰めようとした瞬太を、キッと鋭い眼差《まなざ》しで白井はにらみ返した。

「あってるかもしれないじゃないですか。ううん、あってますよ。現にあたし、今まで一度も恋人できたことないです……」

気まずい空気が室内にたれこめた。白井が一学期に高坂に失恋したことは、新聞部の全員に知れ渡っているのだ。高坂が瞬太のことを好きだという勘違いもふくめて。

「この先もずっと片想いと失恋ばかりの人生なんて、あんまりです……」

白井は、すん、と、洟《はな》をすすった。声はすでに涙まじりだ。これはやばい。ただでさえお客さんが少ないのに、部員がぼろぼろ泣きだしたら、手相占い屋はおしまいだ。

「そうだ、陰陽屋の店長さんに占ってもらったらどうかな？　違う結果がでるかもしれないし」

「そうだな！　今から陰陽屋さんに行ってきたらどうだ？　この人ごみだし、一人くらい学校を抜けだしてもばれないさ。沢崎ついて行ってやれよ」

高坂の提案に江本がとびつく。

「今日は祭日だから、陰陽屋は休みだよ」

「あー、そうか」

瞬太の答えに、江本はよろめいた。

江本だけでなく、その場にいた新聞部の男子全員が途方に暮れて顔を見合わせた時。

「陰陽屋さんなら、さっきＰＴＡの休憩所で見かけたけど」

どこからともなく現れた遠藤が、ぼそりとつぶやいた。忍者のように気配を消して、高坂のストーカーをしていたらしい。

「えっ、本当に!?」

瞬太が尋ねると、遠藤は小さくうなずいた。

「休憩所を手伝ってた」

なぜＰＴＡの休憩所を祥明が手伝っているのだろう。

わけがわからないが、とにかく白井をこのまま放っておくわけにはいかない。

それに祥明なら、舌先三寸でうまく白井をなだめてくれそうな気がする。

「休憩所見てくる。もし祥明がいたら連れてくるから、待ってて」

瞬太は大急ぎで階段をかけあがり、ＰＴＡが休憩所をひらいている教室へ走った。

九

瞬太は開けっぱなしの入り口から、休憩所の中をのぞいた。

基本的なつくりは去年と同じ、喫茶店風だ。四人から六人で囲めるようになってい
る大きめのテーブル席がいくつかあって、無料のドリンクを椅子に腰かけて飲めるよ
うになっている。後方に設置されたカウンターの内側がミニキッチンで、飲み物を紙
コップについだり、時間によってはパンのサービスもあるのだ。

「いた！」

カウンターのむこうに、見慣れた長髪、長身の姿があった。

「ん？　キツネ君も休憩時間か？」

祥明は長い黒髪を首の後ろできゅっとくくり、てらてらしていない綿の白いシャツ
に黒いパンツ、黒いカフェエプロンというギャルソンスタイルだ。

当然ながら店内は満員で、客の九割は老若女子である。

よく見たら三年生の竹内由衣《たけうちゆい》とその母と伯母など、瞬太が知っている顔がぱらぱら
まじっている。

「なんでＰＴＡを手伝ってるんだ？」

「昨日みどりさんに頼まれたんだ」

祥明は隣に立っているみどりを指し示した。こちらはいつもの家庭用エプロンをつけている。

「みなさんと相談したら、水やジュースのペットボトルを箱単位で運ぶのに、やっぱり男手が一人はほしいわっていうことになって、急きょお願いしたのよ。洗い物だったら父さんの三倍のスピードでこなせる自信があったんだけど、よく考えたら、紙コップだから洗わないのよね」

「ああ、父さんが指を怪我しちゃったからか」

「陰陽屋さんが文化祭にでるってもっと早くわかっていたら、執事喫茶風の黒タキシードでも用意したのに、昨日の今日だからこんなカフェエプロンしか調達できなくて無念だわ」

カウンターに一番近い席に陣取っているのは、上海亭《シャンハイてい》の江美子《えみこ》だった。飛鳥高校の文化祭は、ご近所のみなさんにも開放されているのだ。

「江美子さん、祭日の昼って上海亭すごく混んでるんじゃ……」

「旦那と息子の二人でなんとかなってるんじゃない?」

江美子はけらけら笑う。

「瞬太も何か飲む？　パンもあるわよ」

みどりの誘いに、瞬太は首を横にふった。

「ありがとう、でもそれどころじゃないんだ。祥明、今すぐ新聞部の占い屋に来てくれ！　緊急事態なんだ！」

「まさか今年も母があらわれたのか⁉」

祥明は青ざめた。今すぐ行くどころか、逃げだしかねない形相だ。

「ううん、そうじゃないけど大変なんだ。占いソフトのせいで……」

「は？」

「いいから早く！」

瞬太に腕をひっぱられ、祥明はあきれ顔でため息をついた。

「何がなんだかわかりませんが、ちょっと行ってきますね」

祥明はカフェエプロンをみどりに渡すと、瞬太と一緒に手相占い屋にむかった。みどりも行きたそうだったが、一度に二人も抜けられたら困るわ、と、他の母親にとめられて断念する。

階段をおりながら瞬太は事情を説明した。

「というわけで、白井を占い直してほしいんだ」

「急に言われても今日は式盤《ちょくばん》を持ってきてないから、ちゃんとした占いはできないぞ」

「だいたいでいいから！」

瞬太は祥明をせかす。

瞬太が手相占い屋に戻った時、お客さんは二人だけだった。あいている占い師席に祥明が入る。

「白井、祥明が占ってくれるよ」

「あの……すみません、お忙しかったんじゃ……」

白井は祥明の向かいに腰をおろし、暗い顔で謝る。

「ずいぶん悲しそうな顔をしていますね、お嬢さん」

祥明は優しく声をかけた。

「さっきパソコン部の占いソフトで鑑定してもらったんですけど……これ……」

白井は占いソフトの鑑定結果を、祥明にも見せた。

「あたし、自分の恋愛運がよくないなっていうのは、新聞部の手相占いの練習でわかってました。だけど手相なんてただの線だし、って、気にしないようにしていたんです。でも、パソコン部の占いでも恋愛がだめだってでて……。心当たりが多すぎて、もう、どうしたらいいのか……」

「白井……」

自分と委員長はそんな関係じゃないから、という弁明が喉もとまででかかるが、黙っていろ、と、祥明に目くばせされる。

「なるほど、手相が……」

祥明は白井の両手をみた後、手を握ったまま、営業スマイルをうかべた。

「お嬢さん、手相は顔相と一緒で、少しずつ変化するものです。そんなに深刻に悩むことはありません。来月にはがらりと変わっているかもしれませんよ？」

祥明はさらっとごまかしたが、要するに、恋愛線がよくなかったのだろう。白井はそっと目を伏せる。

「でも六壬占いでも……」

「確認してみましょうか」

祥明は白井の手をはなすと、左のてのひらの上で、右手をくるりと回しはじめた。

それから指先をタップさせて、何かを数えるような動きをする。瞬太もはじめて見る動きだ。

「店長さんは何をやってるんだ？」

岡島が小声で瞬太に尋ねる。

「あの右手は……もしかしたら頭の中で式盤をまわしてるのかも……？」

瞬太の答えに、高坂は面白そうに目をしばたたいた。

「そろばんを得意な人が、そろばんなくても、指を動かすだけで暗算できちゃうようなものかな？」

「エアギターならぬエア式盤か！」

驚く四人を無視して、祥明は何やら口の中でぶつぶつ数えている。もしかしたらただの、占っているふりかもしれないが、真偽のほどを判別できる人間はここにはいない。

「なるほど、初伝と中伝の恋愛運は難ありですね」

「このパソコン占い、あってるんですか……」

落胆した様子で白井はぎゅっと両手を握りしめた。

祥明は長い指でそっと白井のこぶしをつつみこむ。

「そんなに嘆《なげ》くことはありません。占いの結果がすべてではありませんから」

「え……？」

「たしかに、この恋愛運の悪さに気づかず、放置していたら、失恋し続けていたかもしれません。でも、もう大丈夫です。恋愛運があがる護符を身につけたり、お祓いやおまじないをすることで、恋愛運をあげればいいだけのことです」

祥明は優しく白井に微笑みかける。極上の営業スマイルだ。

「えっ!?」

「今度お店へ来てくだされば、ぴったりの護符をお選びしましょう。今日、占いをしてよかったですね」

「ありがとうございます……！」

白井はよほど嬉しかったのだろう。今度こそ涙ぐみ、祥明の手を握りしめて、ありがとうございます、を繰り返した。

「あの、あたしも……！　今、生命線が切れぎれで健康が不安だって言われたんですけど、お守りで何とかなりますか？」

「おれは頭脳線なんですけど……」

二人のお客さんたちも、てのひらを見せながら祥明にかけよる。

「もちろんですよ。いつでもどうぞ」

「よかった……！」

にこにこしながら二人は手相占い屋からでていった。

「陰陽師は占いをするだけじゃない、って、祥明が言ってたのはこういうことだったのか」

やっとわかった、と、瞬太が言うと、祥明はにやりと笑った。

「どういうことですか？」

高坂が祥明に尋ねる。

「占いで悪い結果がでた時、占い師は本来、それを告げるだけだ。たとえば東の方角は凶という結果がでた時、東への外出や旅行は控えるように、と、アドバイスするだろう」

「普通そうでしょうね」

「だが仕事や冠婚葬祭で、どうしても東に行く用事があるとしたら？　嫌だなと思っても、行くしかないだろう。そんな時、陰陽師だったら霊符を作れるし、方違《かたたが》えや反閇《へんばい》で対処することもできるから、お客さんは安心して東へ行けるのさ。そのぶんの別料金もいただくがな」

　反閇というのは土地のけがれを清める儀式で、あの安倍晴明《あべのせいめい》も天皇の行幸のために反閇を奉仕したという記録が残っているのだ、と、祥明はうんちくを披露した。

「なるほど、占いからアフターケアまでがセットというわけですか。よくできたビジネスモデルですね。しかも平安時代の、晴明の頃には、すでにそのスタイルが確立していたのかもしれない、と」

　高坂は感心しながらうなずく。

「うーん、それって親切なのか？　ただの商売上手？　でもそれでお客さんが安心するのならいいのかな？」

「そうそう。キツネ君も少しは賢くなったじゃないか」

　祥明は満足げにうなずくと、がんばれよ、と、言い残して、ＰＴＡの休憩所へ戻っていった。

「お騒がせしてすみませんでした。あたし、今度こそ取材に行ってきますね」

いつもの調子を取り戻した白井は、デジカメ片手にでかけていく。

「あ、沢崎、まだどこにも行ってないだろ？　他の部やクラスの展示をまわってくれば？」

江本が声をかけてくれた。

「あー、うん……」

ちらりと三井の顔が脳裏をよぎる。きっと陶芸室で作品の販売をしてるのだろう。

でも何となく顔をだしづらい。

そういえば去年はおれ用のお皿を焼いてくれたんだよな……。

思い出すとせつなくなる。

「いいや。別に行きたいところないし」

嬉しくもないのに、あいまいな笑顔をうかべて答えた。

その日、新聞部の手相占い屋は、混雑することもなければ閑古鳥《かんこどり》がなくというほどでもなく、無難に文化祭を終えた。

「どうせ無料なんだし、このくらいで丁度よかったのかな？」

瞬太の感想に不満の声をあげたのは、岡島である。

「もっといっぱい女子の手を握れると思ったのにな～。意外にじいちゃん、ばあちゃんたちが多かったのは誤算だったぜ。う－ん、内装が地味だったかな」

はやくも来年への構想で頭がいっぱいのようだった。

十

文化祭の翌日は、台風のせいで、朝から暴風雨が吹きあれはじめた。

珍しく瞬太が風の音で目覚めたくらいだ。

「あ－、こりゃ陰陽屋も臨時定休だな。寝直すか……」

窓のむこうでは、庭木の枝が激しくうねり、ゆれている。やっと花をつけはじめたキンモクセイは大丈夫だろうか。

「うおおおおっ」

野太い叫び声が沢崎家に響きわたり、瞬太はぎょっとした。一階におりてみると、玄関のたたきに避難させてもらっているジロも驚いて立ち上がり、きょろきょろしている。

「……父さん……!?」

「やったぞ、瞬太！　父さんのガンプラ、一次審査を通過したんだ！」

「えっ、何でわかったの？」

「ほら、ここ、東京都北区《きた》の沢崎吾郎って、ちゃんとでてるだろ」

吾郎はパソコンの画面を瞬太に指さして見せた。細かい字でびっしりと一次予選通過者二百名の名前が並んでいる。

「本当だ！　沢崎吾郎ってでてる！」

「だろう！」

吾郎は感極まって、ぎゅっと瞬太を抱きしめた。

「と、父さん、痛いよ……」

「一生に一度だから……！」

「ああ、まあ……」

どうせなら女の子がいいのに、何で父さんと、と、心の中でぼやく。

たとえば三井とか……

想像しただけで、耳がむずむずしていた。

落ち着け、おれ。

いや、どうせ家の中だから、キツネになってもいいんだった。

「ところで父さん、お腹すいたんだけど……」

「あと十秒……！」

「……はいはい」

まったくもう、と、思いながらも、なんだか幸せな気分の嵐の日であった。

台風の翌朝は雲一つない快晴で、再び真夏のような暑さがかえってきた。それ以来再び、ずっと夏日続きである。

「いつまで暑いのかなぁ。明日はもうお彼岸なんだし、いいかげんにしてほしいよ」

瞬太が額ににじむ汗をぬぐいながら陰陽屋の階段をおりると、店内から楽しそうな笑い声が聞こえてきた。

黒いドアをあけてみると、飛鳥高校の制服を着た女子が三人、テーブル席で祥明を取り囲んでいる。

「あれ、お客さん？　すぐお茶だすね」

大急ぎで着替えて冷たい麦茶をはこんで行くと、五分もたたないうちに、また女の子が二人、階段をおりてきた。しかも二人とも飛鳥高校の制服を着ている。

その十分後には四人、三十分後には二人。全員が飛鳥高校の女子生徒である。

もちろん陰陽屋の狭い店内には入りきれないので、バレンタインでもないのに階段に並んで待ってもらったのだが、祥明も瞬太も閉店まで大忙しだった。

「今のが最後のお客さんだよ」

「よし、外にだしている看板を急いでしまうんだ」

祥明に言われて、瞬太が看板をとりこんだのは、午後七時五十分である。

「一体何がどうなってるんだろうね」

看板を抱えて瞬太が店内に戻ると、祥明にジロリとにらまれた。テーブルに頬杖《ほおづえ》をついて、疲れ果てた様子である。

「校内新聞にのっている記事のせいらしいぞ」

「えっ、新聞部の!? そういえば今日、新しい号がでたんだっけ」

ロッカーにほうりこんだかばんから、校内新聞をひっぱりだす。

「あ、これかぁ。一年生の白井が書いた、占い体験記。おれもまだ読んでないけど、あんなにいっぱいお客さんが来たくらいだから、おまえのことをほめてるんじゃないか？」

瞬太は校内新聞を祥明に手渡した。

「当然だろう。無料で占ってやった上に、陰陽師はただ占うだけじゃないなんて、ありがたい奥義《おうぎ》まで披露してやったんだからな。メガネ少年もいたく感心していたようだし」

祥明はテーブルの上に校内新聞をひろげた。

「これだな。占い体験記、陰陽師占いの神髄《しんずい》にせまる、か。なになに、『陰陽師はすごい。ただ占うだけのパソコンとは全然違う。手を握って、目をみつめて占ってもらっているうちに、幸せな気分に包まれる。素敵な声で優しく語りかけられているうちに、もう占い結果なんて、良くても悪くてもどうでもいいっていう気にさせてくれるのだ。まさに至福のいやし体験だった。占いはパソコンではなく、陰陽師に限る』

……どうしてそうなるんだ……」

祥明は学校新聞を握りしめてテーブルにつっぷした。

どうやら不本意な書かれ方だったらしい。

「とりあえず閉店の心配はなくなったな」

瞬太はほっと胸をなでおろす。

九月いっぱい陰陽屋の階段には女子高生たちの列ができ、またも浅田を悔《くや》しがらせる結果となったのであった。

第三話

秘密の雷公さま

一

十月にはいり、ようやく秋らしくなってきた東京では、さわやかな晴天が続いている。

いよいよ本格的に修学旅行の準備がはじまって、瞬太《しゅんた》の心は真っ青な海と空でいっぱいだ。

「沢崎《さわざき》はもうパスポートの写真とりに行った？」

高坂《こうさか》の質問に、瞬太はうなずいた。二人とももう長袖である。

「なんだか変な顔になっちゃった。白黒だからかなぁ」

吾郎《ごろう》弁当を頬張りながら瞬太はため息をつく。ちなみに吾郎は九月末に発表されたガンプラ選手権の二次審査にも残ることができて有頂天である。わずか二十四作品しか残らないという難関を突破したらしい。おかげで今日も弁当にローストビーフという大盤《おおばん》振る舞《ま》いである。もちろん青魚も欠かせないらしく、さばのそぼろも入っている。

「そもそも化けギツネでもパスポートってとれるの？」

江本《えもと》の素朴な疑問に、瞬太はうなずいた。

「戸籍上は普通の人間ってことになってるから大丈夫だって、母さんが言ってた。ただ、ハワイで病気や怪我をしたらって心配だからついて行く、なんて言いだしたのにはまいったけど」

「相変わらず超絶過保護だな〜！」

「おいおい、まさかお父さんもか？」

岡島《おかじま》もあきれ顔である。

「父さんは今、三次審査のことで頭がいっぱいだから大丈夫。やっと子離れしてくれそうで助かったよ」

二次までは写真審査だったが、十一月の三次ではいよいよ実物を展示しての審査になる。この三次で日本代表に選ばれたガンプラが、世界戦へいどめるのだ。

「おまえも苦労するな」

江本が、ポンポン、と、瞬太の肩をたたいてうなずいた。

淡いピンクの絹雲《けんうん》が空をつつむ午後五時頃、瞬太が一人で陰陽屋《おんみようや》の留守番をしていると、初めて聞く靴音が階段をおりてきた。妙に気取った音だ。

「いらっしゃいませ」

いつものように、瞬太は黄色い提灯《ちようちん》を片手に出迎える。

優雅な足どりで階段をおりてきたのは、やたらに顔がよく、背が高い男性だった。年齢は三十代後半くらいだろうか。スーツ姿だが、会社員にしては格好良すぎる。細いミッドナイトブルーのフレームの眼鏡《めがね》に、胸ポケットには絹のチーフ、そして、甘くさわやかなシトラスウッディ系の香料の匂い。

「ヨシアキ君はいるかな？」

男はうっすら微笑《ほほえ》んで、祥明《しようめい》を本名でよんだ。

「今、本屋さんに行ってるけど、そろそろ戻ってくるんじゃないかな。お客さんは祥明の知り合い？」

「知り合いといえば知り合いだね」

男性客は軽く身をかがめ、瞬太の耳と目と尻尾《しつぽ》を興味深そうに見おろしている。

「あの……知り合いって……どういう？」

なんとなく不穏な気配を感じ、瞬太は半歩後ろにさがった。

「知り合いというのは、つまり、友人ではないということだよ、キツネ君」

解説してくれたのは、黒いホストスーツ姿の祥明だった。ボタンを二つはずした青紫のシャツでネクタイはなし。なぜか声にとげがある。わざわざ「友人ではない」と言うあたり、仲が悪いのだろうか。

「正確に言えば、この人は母の従弟《いとこ》で、山科春記《やましなはるき》さんだ」

「親戚かぁ」

そう言われてみると、まっすぐな鼻筋やくっきりとした弧を描く眉が似ているが、それ以上に雰囲気がそっくりだ。いかにも頭が良さそうで、しかもちょっぴり意地の悪そうなところが。

祥明と違うところは、全然てらてらしていない、上品な服装や小物を身につけていることだ。高そうなネクタイといい、靴といい、全体的にお金持ちっぽい雰囲気がある。祥明の母親の従弟ということは、名字は違うが、安倍《あべ》家の人ということだろうか。

「久しぶりだね、ヨシアキ君。ずっと会えなくて寂しかったよ」

春記はにこにこと、だがどことなく腹黒そうな笑みをうかべ、祥明の前で両腕をひろげた。

「そうですね、久しぶりにお目にかかれて、大変、残念です」

祥明は容赦なくビシッと両腕をはねのけて、すたすたと店内に入っていく。

「ハグくらいさせてよ」

春記も祥明の後を追う。

「嫌です」

「じゃあチュウ」

「セクハラで訴えますよ」

「ひどいな。ヨーロッパでは当たり前なのに」

「王子《おうじ》では立派な犯罪です」

えー、と、春記は一応文句をたれてみせるが、本気で悲しがっているようには見えない。これが安倍家式の挨拶なのだろうか。

「君が噂のキツネ君?」

「うん、そうだけど……」

瞬太はさりげなく祥明の後ろにまわった。悔《くや》しいがここが一番の安全エリアだ。

「ふーん」

この好奇心に満ちた嬉しそうな、それでいて何一つ見逃すまいとする貪欲な目つきは、たしかに祥明の祖父の柊一郎《しゅういちろう》や、父の憲顕《のりあき》が瞬太を見る時とよく似ている。学者の眼差《まなざ》しだ。

「柊一郎さんから話は聞いているよ。珍しい妖狐《ようこ》なんだって？」

「う……？」

瞬太はどう答えたものか迷って、顔をひきつらせた。正体をあかすことはみどりに厳しく禁じられているのだが、春記は何もかも柊一郎から聞いているのだろうか。

「カマをかけているつもりですか？　うちのアルバイト式神《しきがみ》は、ただのつけ耳につけ尻尾の男子高校生ですよ」

「！」

祥明の答えに瞬太はびっくりした。

そうか、春記は自分にカマをかけていたのか。

危うく正直に話してしまうところだった。あぶなすぎる。

「ふーん、それは残念」

春記は瞬太の反応を面白がって、ニヤニヤしている。

「で、はるばる京都から王子まで何のご用ですか？　春記さん」

瞬太の耳にむかって伸ばした春記の手を押し返して、祥明は尋ねた。

「陰陽屋さんに仕事の依頼だよ。失《う》せ物《もの》探しを頼みたいんだ」

「探し物くらい自分でできるでしょう」

「あいにく僕は式占《ちょくせん》が苦手でね。君と違って、陰陽道の先生について修行したこともないし。おもての看板のお品書きにもでていたし、やってるんだろう？　もちろん料金は払うよ」

「ひやかしならお断りです」

「本気だよ。君だってものが何か聞いたら、きっと無料《タダ》でも探したくなるはずだ」

「随分な自信ですね。で、何を探してるんですか？」

「古い書物だよ。書名は『雷公秘伝《らいこうひでん》』。つまり雷公の占術書だね」

「雷公の!?」

祥明は目を大きく見開いた。

二

「ほら、顔色がかわった」

嬉しそうに春記が言うと、祥明は一呼吸おいて、長い前髪を後ろにかきあげた。

「……そんなものが現存するとは思えませんね。キツネにでも化かされたんじゃありませんか？」

「読みたいくせに」

ふふふ、と、春記が満面の笑みをうかべる。

「雷公って何？」

瞬太の問いに、祥明は肩をすくめた。

「記録によると、もともと飛鳥《あすか》時代に百済《くだら》から日本に入って来た式盤を使う占いは、四種類あったんだ。六壬《りくじん》、遁甲《とんこう》、太乙《たいいつ》、雷公で、それぞれ専用の式盤が使われていたらしい」

さすがに詳しい。

「四つのうち六壬は、安倍晴明《あべのせいめい》の『占事《せんじ》略決《りやっけつ》』をはじめ、いくつもの占術書や占文《せんもん》が残っているので、どういう占い方法なのかがかなり詳しく伝わっている。おれも使ってるしな。遁甲と太乙に関しては、六壬に比べて資料が少ない。日本ではね。だが中国には占術書が多数残っているので、そこから推測することができる」

「あと一つは？」

「雷公は日本はおろか、中国にすら占術書が残っていない幻の占いだ。もしもこれまでずっと謎とされてきた、雷公に関する資料がでてきたとなると、大変な発見ということになる。が、まずありえないな」

　祥明はまったく信じていない様子である。

「ところが、とある神社に、こっそり写本が保管されていたらしいんだよ。ま、消えてしまったから探しているわけだが」

「信じられませんね」

「信じなくていいから、占ってよ」

「雷公の占術書を六壬で占うなんて……」

「信じてないいんだろう？」

「それはそれ、これはこれです」

祥明はぶつぶつ言いながらも、式盤をテーブルにのせた。

「すごいね、ちゃんと式盤を使ってるんだ」

春記は式盤に驚嘆の眼差しをむける。

「この式盤はもしかして柊一郎さんのコレクション？　実家にいろいろある人はいいなぁ」

春記が天盤をさわろうとすると、祥明がピシッとはねのけた。今日何度めの光景だろう。

「全然違います。映画の撮影用に作られたレプリカを、知人経由で入手しました」

「でもあのへんの古書は、安倍家の蔵書だよね」

春記の視線の先には、和綴じの陰陽道関係の書物が並んでいる。

「集中できないから、静かにしてください」

「はいはい」

祥明はいつものように式盤や式占のうんちくを口にすることなく、さっさと丸い天盤をまわした。からり、と、軽やかな音がひびく。

「……失せ物は西で見つかる、と、でました」

「西というと……」

春記はポケットから四つに折りたたんだＡ４の紙をとりだした。何かの一覧表が印字されている。

「これかな。板橋《いたばし》区の……」

「何のリストですか？」

「先月、神田《かんだ》の天神《てんじん》書房っていう、僕が懇意にしている古本屋の主人から、掘り出し物が手に入ったから見に来ないか、と、電話があったんだ」

「それが『雷公秘伝』だったんですか」

「うん。とある神社の土蔵の片隅からでてきたそうだ。もちろん僕は興味津々で、ぜひ取り置きしておいてくれと即答した。ちょうど岩手で学会の予定があったから、その帰りに立ち寄るつもりだったんだ。ところがいざ一昨日《おととい》、神田に行ってみたら……なくなっていたんだ」

「本が？」

「本も、古本屋も。なんでも僕に電話をくれた翌日に主人が急逝《きゅうせい》して、古本屋は廃業、本も適当に処分したらしい」

　急逝といっても、もともと主人は百歳近い高齢で、朝、眠るように亡くなっていたのだという。いわゆる大往生だ。

「適当に処分って、まさか、ごみ処理業者にでもだしたんですか？」

「娘はそのつもりだったんだが、葬式に来た同業者たちが、有料で業者に処分を頼むくらいだったら、自分たちに引き取らせてくれって頼んで、適当に山分けしたそうだ。というわけで、このリストさ」

　春記が見せたリストには、古本屋の名前が十数軒並んでいた。

「なるほど、それで、この中で西だと、板橋区の古本屋ですか」

「うん。あとは練馬《ねりま》区の古本屋かな。いっきに絞り込めたよ」

「祥明の占いは、当たるも八卦《はつけ》、当たらぬも八卦だけどね」

「その時は、君たちに全部まわってもらうことになるから、よろしく頼むよ」

「うへ」

「待ってください。占い以上のことをするなんて、約束した覚えはありませんが」

「そう言わず何とか頼むよ。僕は明後日《あさって》には京都に帰らないといけないんだ。講演があってね」

「そろそろ狐の行列の準備も始めないといけないし、忙しいのでお断りします」

狐の行列の準備なんて何もないくせに、と、瞬太は心の中でつっこむ。店によっては、狐の行列限定商品を用意するところもあるのだが、祥明と瞬太は、いつもの和装で歩くだけなのだ。

「……そうだな、この本が見つかったら、真っ先に君に読ませてあげよう。どうせ僕は占いは苦手だから、解読してくれる助手が必要だしね」

「ついでに解読も手伝わせる気ですか？」

何だかんだ文句を言うが、やはり本の内容が気になるのだろう。結局、祥明は手伝いを承知したのであった。

「じゃあ明日の朝、ここまで迎えにくるよ」

「待ち合わせは板橋駅で大丈夫ですよ」

「一人で起きられるようになったのかい？　せっかく王子さまのキスで、優しくおこしてあげようと思ったのに」

「誰が王子さまですか。いい加減にしないと呪いますよ？」

「それは楽しみだな」

さすが安倍一族。どこまで本気でどこから冗談なのか、瞬太にはさっぱりわからない。壮絶な舌戦である。

「とにかく、今日のところはここまでで」

祥明は春記の背中を押し出すようにして、陰陽屋から追い返した。戻ってこないように、わざと音をたててドアの鍵をかける。

「まったく。雷公の占術書なんてあるわけないのに、一体何を考えているのやら」

チッ、と、舌打ちしながら休憩室に行く。

本当は塩でもまきたい気分なのだろうが、そもそも祥明は料理をしないので、調味料は一切おいてない。

「あの春記さんって人も、祥明のお父さんやお祖父さんみたいな学者なの？」

「表向きは博物学の学者だが、その実態は妖怪博士だ」

「えっ⁉」

ふさふさの尻尾がピョンとはねあがる。

「日本中、いや、最近では世界中の妖怪を研究してまわっているらしい。どうせ岩手だって学会はそっちのけで、河童《かっぱ》や座敷童《ざしきわらし》を追いかけ回していたに決まってる」

「おれも化けギツネだってばれたら、研究室に連れて行かれちゃうの⁉」

「標本にされたくなければ、春記さんの前ではおとなしくしておけ。狐火もキツネジャンプも厳禁だからな」

「う、わ、わかった」

瞬太は蒼い顔でうなずいた。


沢崎家の庭では、キンモクセイに続いてギンモクセイが咲き、夜も甘い香りにつつまれている。

その日の沢崎家の晩ご飯は、さんまのマリネと、焼きなすと、キノコのスープだった。吾郎曰《いわ》く、秋の味覚もりだくさんダイエットスペシャルだそうだ。ちなみにダイエットしているのは、ふくよかな吾郎ではなく、すっきり体型のみどりである。

「このまえ油断して和栗のモンブラン食べたら、いきなり八百グラムも増えてたのよ。秋はダイエットの敵ね！　瞬太も油断せずちゃんと勉強してる？」

「え、いや、まあ、あはは」

予期せぬとばっちりである。

「今日も寝てたのね。本当にハワイは大丈夫なの？」

「たぶん」

それを言われると瞬太も痛い。

「あ、そうだ。今日、陰陽屋に祥明の親戚の人が来たよ。春記さんっていう学者さん」

「あら、ハンサムだった？」

「うん、ちょっと祥明に似てた。顔とか雰囲気とか。祥明もあと十年くらいしたらこんな風になるのかもな、って感じ。髪は長くないけどね」

「へぇ、祥明さんの十年後かぁ。想像がつくようなつかないような……」

吾郎は、うーん、と、首をかしげた。

「祥明さんが年をとったら、どんなおじいさんになるのかしらね？」

「やっぱり国立《くにたち》のじいちゃんみたいになるんじゃないかな？」

「ああ、あの浮き世離れした、仙人みたいなおじいさんね。柊一郎さんだったかしら。いかにも学者さんって雰囲気の」

「そうそう。柊一郎じいちゃんも、若い頃はハンサムだったらしいよ」

「ああ、谷中《やなか》の母さんがそんなこと言ってたな」

吾郎の母の初江《はつえ》は、子供の頃、たまたま柊一郎と同じアパートに住んでいたのだ。

「ほら、安倍家ってすごくかわった家で、顔はいいけど金のない優秀な若い学者をお婿さんにもらって続いてきた家らしいし」

つまり祥明の父も、祖父も、婿養子なのである。

「歴代のハンサムで優秀なお婿さんたちの遺伝子の、いいとこどりしたのが祥明さんなのね」

女のロマンよねぇ、ふふふ、と、みどりはうっとりする。

「そういえば、父さんは谷中の祖母《ばあ》ちゃんとあんまり似てないよね？」

「うん。父さんは死んだお祖父ちゃん似なんだ」

「じゃあ年をとったら、つるつるになるのかな」

吾郎はギクッとした顔で、後頭部に手をあてた。今のところはまだふさふさである。

「そこはお祖母ちゃんに似てほしいところだが……」

「あら、アメリカではつるつるの方がもてるらしいわよ？　セクシーなんですって」

「……いざとなったら余生はアメリカに行くか！」

「おれは年とったらどうなるのかなぁ……？」

瞬太がぽそりと言うと、みどりと吾郎がはっとした表情で身体《からだ》をかたくした。うっかり口にだしてしまってから、しまった、と、思うが、もう遅い。

瞬太は赤ちゃんの時、王子稲荷《おうじいなり》の境内《けいだい》で拾われた養子なので、親や祖父母の姿がまったくわからないのだ。

「しゅ……瞬ちゃんは白髪じゃないかしら。つるつるの狐って見たことないし」

みどりの機転のおかげで、無事に結論がみちびきだされた。

「そうだな、きっと年をとってももふもふだな」

「そうか。犬も猫も、ちょっと毛が減るけど、つるつるにはならないもんな」

「そうそう」

心の中の冷や汗をぬぐいながら、突発的なピンチをなんとかのりきった沢崎家であった。

三

翌朝。

日曜日は陰陽屋にとって週に一度の定休日なのだが、今日は春記の失せ物探しで、古本屋めぐりである。

待ち合わせは午前十時にＪＲ板橋駅の改札だ。

瞬太は吾郎におこしてもらって、三分前に板橋駅に着いたのだが、祥明を待つ間、何度も立ったまま意識を失いそうになった。自分の手をつねったり、顔をたたいたり、睡魔《すいま》との激しい戦いである。

「寝ても大丈夫だよ、瞬太君。ヨシアキ君が着いたらおこしてあげるから」

「い、いいよ、遠慮しとく」

瞬太はブンブンと激しく頭をふった。

「こんなに人がいるところで、おはようのキスはしないよ」

春記はおかしそうに笑う。

「本当に？　じゃあ」

「騙《だま》されるな、キツネ君……」

五分遅れで這うようにして現れたのは、祥明だった。ものすごく眠そうな顔をしているが、なんとか一人でおきてきたらしい。

「おや、おはよう、ヨシアキ君。素敵な朝だね」

「どんより曇ってますけどね」

瞬太が空を見上げると、明るい灰色の雲がひろがる薄曇りだった。きっと祥明の気分がどんよりなのだろう。

三人はまず、リストにのっている板橋の古書店に行ってみた。商店街の奥にひっそりと店をかまえている、昔ながらの古本屋である。

祥明は早速、レジ前で雑誌に読みふけっている中年女性に声をかけた。

「恐れ入ります、少々お尋ねしたいのですが」

「は？」

何の心の準備もなく顔をあげた女性は、いきなり祥明の営業スマイルに直撃され、硬直してしまった。

祥明は今日も黒いてらてらしたスーツとシャツだが、淡い水色のネクタイをしめているため、かえってホスト度がアップしている。

「雷公秘伝？　時代小説か何かですか？」

「いえ、かなり古い占いの本です。おそらくは和綴《わと》じの」

「うちは古くてもせいぜい昭和三十年代の本までですね。旧仮名遣いの本は需要がないので、扱うのをやめちゃったんですよ。研究者の方ですか？　そういうのは神田か本郷《ほんごう》の専門店に行った方がいいと思いますよ」

店番の女性は、ぽーっと祥明に見とれたまま、懇切丁寧に教えてくれた。

「すごいね、ヨシアキ君。一瞬にして彼女のハートをわしづかみにしてたよ」

「次は練馬区の古本屋ですね。最寄り駅は江古田《えこだ》だから、西武池袋線になります」

春記のひやかしをきっぱり無視して、さっさと歩きはじめる。

練馬区の古書店はかなり古い本も扱っていたが、ジャンルが違っていた。

「雷公……？　そんな本は見ませんでしたね。うちは美術関係専門ですから」

「そのようですね」

本棚には画集や美術評論本、写真集などがずらりと並んでいた。それもそのはず、すぐそばに大学の芸術学部があったのである。

「王子から西の方角にある古本屋って、もうリストにないの？」

瞬太の問いに、祥明は春記のリストを見直した。

「ないな。あとは千代田《ちよだ》区、文京《ぶんきょう》区、台東《たいとう》区。どれも西じゃない」

おやおや、と、春記は肩をすくめる。

「ヨシアキ君、君の占いは……」

「当たるも八卦、当たらぬも八卦ですよ。まさかはずれて文句を言うなんて野暮《やぼ》なことはしませんよね？」

「もちろんそんなことはしないよ。おかげで君と一緒にいられる時間がのびたと、喜ぶことにする」

春記は祥明に、にっこりと微笑《ほほえ》みかける。

「心にもない嘘ばかりついていると口が腐りますよ」

「ひどいな、本気なのに」

「おれに嫌がらせをする時間がのびて、という意味ですか？　それとも駅のホームから突き落とす隙《すき》を待ち構えているとか？」

「ふふふ、それも楽しそうだね」

　春記は否定するどころか、嬉しそうにうなずく。

　この二人は仲がいいのか悪いのかさっぱりわからないな、と、瞬太は困惑する。

「残り十五店か。このリストにある古本屋を今日中に全部まわるのは難しいですね。この古本屋のように、専門がはっきりしている店が他にもあるかもしれませんし、電話でしぼりこんでみますか」

「さすが陰陽屋さんは、失せ物探しに慣れてるねぇ」

「嫌味を言ってる暇があったら、春記さんも半分担当してください。言っておきますが、キツネ君は役に立ちませんからね」

「君の頼みならいくらでも」

「あなたの探し物ですよ」

　文句を言い合いながらも、二人は電話で古本屋をふるいにかけ、三軒にまでしぼりこんだ。

「一軒が占術専門の古書店、一軒が百年以上経過した和本専門の古書店、一軒がまったく本を整理分類しないで適当に売っているからわからないという古書店」

「どこが一番あやしいと思う？　和本専門の店かな？」

「適当な店でしょう。占術専門の店と和書専門の店には目が利く店主がいるはずですから、『雷公秘伝』という書名に反応がなかった時点で、ないと判断していいと思います」

春記の問いに、祥明は迷わず即答した。

「アルバイトが店番をしているかもしれないよ？」

「……………」

祥明はちらりと瞬太を見る。

「少なくとも入荷した商品の値付けは、アルバイトにはまかせませんね。寝てばかりの店員によだれをつけられても困るし……」

「店では寝てないだろ！　……たまに階段で掃除してる時、意識がなくなるけど……」

瞬太は一応抗議した。

「瞬太君は正直でかわいいねぇ。陰陽屋で働いてるのはもったいないよ。高校を卒業したら京都に来ないかい？」

ふふっ、と、楽しそうに春記は目を細める。

「無理だよ」

春記の誘いを、瞬太はあっさり断った。

「どうして？　そんなに陰陽屋が気に入ってるのかい？」

「高校を卒業するには三年生にならなきゃいけないだろ？　無理だと思うんだよね」

まったく予想外の理由だったのだろう。春記はしばし絶句する。

「……大胆な理由だね」

「とにかく、適当に売っている古本屋に行きますよ。その店がだめだったら和本の店と占術の店に行きましょう」

「御意のままに」

春記は右手を胸にあてて優雅に一礼した。

四

古本を一切整理分類せず適当に売っているという店は、実に雑然としていた。著者も出版社も関係なく、とにかく適当に本棚につっこんである。

「文庫は一律百円、それ以外は二百円。新しいとか古いとか関係なし。いちいち値段決めたり値札貼ったりする手間が惜しいからね」

七十歳ほどの男性店主は言い切った。

「すごいな。チェーン展開の古本屋でも、もうちょっと値段をわけているぞ」

祥明はあきれ顔である。

「神田の天神書房さんからひきとった本は、どのへんにありますか？」

「まだ段ボールからだしてないから、そのへんじゃない？」

廊下の端に、本をつめこんだ段ボール箱が十個ほど雑然と置かれていた。一応「箱の中も自由にご覧ください」という貼り紙はしてあるが、文庫とハードカバーすらわけられていない。

「全部だしてみるしかないか……」

祥明は深々とため息をついた。

三人で黙々と本をとりだし、戻す作業をおこなう。

「あれ？」

首をかしげたのは、瞬太だった。

「どうかしたか？」

「このニオイ……ひょっとして」

瞬太はぐいっと前かがみになり、本を入れた箱に鼻をつっこむ。

「瞬太君、まるで本物の狐か犬のようだね」

春記の言葉に瞬太はギクッとする。

「あははは。祥明、ちょっと」

瞬太は祥明の腕をひっぱって、店の外へ連れ出した。

「かすかに国立のじいちゃんのニオイがした。かなり最近、あの箱の中をあさったんじゃないかな？」

「えっ⁉」

祥明は慌てて、レジに座っている店主のもとへ走った。

「もしかして、安倍柊一郎という長身でやせた老人が、『雷公秘伝』を買って行ったんじゃありませんか⁉」

「さあねぇ。お客さんの名前なんていちいち聞かないし、そもそもうちの店のお客さんはほとんどが年配の男性だからねぇ」

　とりつくしまもない。

　店主からは何も聞けそうになかったので、祥明と瞬太は、春記が待つ廊下に戻ることにした。

「じいちゃんの写真は持ってないのか？」

「祖父の写真なんて持ち歩かないよ。それに店主のあの調子では、祖父が何を買って帰ったかなんて、まず覚えてないだろう。だが、もし、祖父がこの店に立ち寄ったとしたら、『雷公秘伝』に目をとめないはずはない」

「国立か。たしかに西だね」

　春記も顎《あご》をつまみながらうなずく。

「その本を買ったかどうか、直接じいちゃんにきいてみたら？」

「そうだな。春記さん、お願いします。電話番号はご存じですよね？」

「えっ、僕がかけるのかい？　君の生まれた家だろう？」

「九割の確率で母がでるので……」

　祥明の表情が曇る。

「優貴子《ゆきこ》さんはあいかわらず君を悩ませているのか」

「もはや魔女の域に達しています」

「お母さん怖いよね……」

瞬太も二度ほど捕獲されかけたことがあるのだ。どうも優貴子は、祥明が国立の家に戻って来ないのは、瞬太のせいだと思っているらしい。

春記は、仕方ないなぁ、と、自分の携帯電話をとりだした。

「もしもし、安倍さんのお宅でしょうか？　あ、優貴子さん？　京都の春記です、お久しぶり」

ほら、やっぱり、と、祥明は首をすくめる。

「柊一郎さんがいたらかわってもらえますか？　研究資料のことでちょっとききたいことが……え？　ヨシアキ君？　さあ、僕は知りませんが。日曜日だし、のんびり本でも読んでるんじゃないですか？」

一分ほど話した後、春記は通話を終了した。

「本当に優貴子さんがでたので驚いたよ。おそるべき嗅覚《きゆうかく》だね」

「祖父はいましたか？」

「うん、三十分後に新宿で待ち合わせたよ。僕が泊まってるホテルのロビー。国立まで行ってもよかったんだけど、君が嫌がりそうだったからね」

「国立界隈には近寄らないことにしています」

「いざとなったら僕が守るから大丈夫さ」

「武道の心得もないくせにどうやって？」

「ほらこれ、京都の神社で買ってきた魔除《まよ》けのお札《ふだ》。あらゆる魑魅《ちみ》魍魎《もうりょう》にきくすぐれものだって、宮司《ぐうじ》さんが言ってたよ」

　春記はポケットからお札を取りだして、祥明に見せる。

「残念ながら人間にはききませんね」

「おや残念」

　春記は、残念さがみじんも感じられない明るい表情で答えた。

五

　三十分後。

春記が東京の常宿にしているのは、新宿西口にある高層ホテルだった。三人でロビーのソファに腰をおろすが、あまりにふかふかで、慣れない瞬太はもじもじしてしまう。床も天井もアイボリーホワイトを基調とした明るい空間で、あちこちに生花が飾られ、芳香をはなっている。

柊一郎は約束の五分前に、三人が待つロビーにあらわれた。ニットのセーターにコットンのパンツという軽装である。

「久しぶりだね、春記君……と、ヨシアキと瞬太君も一緒だったのか」

柊一郎は嬉しそうに、目もとをほころばせた。

「失せ物探しを手伝わされていました」

祥明は肩をすくめる。

「ああ、『雷公秘伝』だったね。春記君がこんなものを読みたがるとは意外だったが」

「まさか柊一郎さんが持っていたとは、灯台もと暗しでした」

柊一郎はかばんから古い和綴じの書物をとりだした。

「これだけど……」

柊一郎が春記に手渡そうとした時、さっとかけよってきた人かげが、書物を横取りした。

「これはあたしがもらったわ！　この本がほしければうちへ帰ってきなさい、ヨシアキ！」

優貴子はすっくとテーブルの上に立ち、右手で高々と書物をかかげた。

「優貴子!?」

「お母さん、なぜここに!?」

祥明はソファから腰をうかし、身構える。

瞬太はぴょんとソファからとびおりて、隣のソファのかげに身をひそめた。

ロビーにいる他の客たちからざわめきがおこる。

「何あれ、映画の撮影？」

「ＳＭの女王様じゃない？」

みんなが遠巻きにコメントしていることも、瞬太の耳にはつつぬけである。

「まさか春記さん……」

「僕は情報を漏洩《ろうえい》したりしてないよ」

祥明が疑惑の眼差しをむけると、春記は慌てて両手を胸の前でふった。

「簡単なことよ」

優貴子は左手を腰にあて、にやりと笑う。

「春記君とヨシアキはもう何年も会っていないはずなのに、さっき電話で、日曜日だから本でも読んでるんじゃないかって言ったでしょ？　ヨシアキの店の定休日が日曜だって知ってるなんておかしいじゃない。つまり、つい最近、接触があったってことよね？　母の目は誤魔化《ごまか》せないわよ。怪しい！ってピンときたわ」

そこで柊一郎の後をこっそりつけてきたのだ、と、胸をはった。

「やっぱり春記さんのせいじゃないですか」

「いや、まさか、そんなことでばれるとは……」

春記はあっけにとられている。従弟とはいえ京都暮らしなので、優貴子のすごさがよくわかっていなかったらしい。

「このくらいちょろいものよ、春記君」

優貴子はロビー中にひびきわたる大声で、派手な高笑いをする。

性格はともかく、頭はいいらしい。やはり安倍家の人なんだな、と、瞬太はソファのかげで恐れ入った。どうせならもっと人の役にたつことにその賢さを使ってくれればいいのに、祥明の母親はいつも、ろくでもないことばかりしでかしている気がする。

「『雷公秘伝』なんて、なかなか楽しそうな書物じゃない、ヨシアキ？」

優貴子はテーブルの上から祥明を見おろす。

「返してください。それは春記さんの探し物です」

祥明は立ち上がり、本に手を伸ばすが、優貴子は決して手を放そうとしない。

「この書物をあげたらうちに帰ってくる？」

「嫌です」

母と息子は、激しく古書をひっぱりあう。

「お客さま、困ります、他のお客さまたちが驚いておられます」

見かねて警備員が注意しに来た。

「気にしないで」

優貴子は高飛車に言い放つが、他の客たちの注目は集まるばかりだ。

「そういうわけには……とにかくテーブルからおりていただけませんか？」

まずい、このままでは警察につきだされかねない。

安倍家の男たちはとっさに目配せしあった。

「せー……のっ！」

三人がかりで優貴子を押さえつけようとした時。

ひらりと優貴子は身をかわし、テーブルから飛びおりた。

「この書物を読みたければ、あたしの所までいらっしゃい！」

祥明にむかって、うふふふ、と、微笑むと、かけだしていった。

「あっ、ちょっと、お母さん！」

祥明は一応、口では優貴子を呼び止めるが、正直な両脚が床からはなれない。

「仕方ないな」

春記が優貴子を追いかけようとする。

「放っておきなさい」

春記をとめたのは柊一郎だった。

「あの和書は偽物だよ」

「えっ⁉」

祥明、瞬太、春記の三人は同時に声をあげる。

「お騒がせして申し訳なかったね」

柊一郎は警備員に謝って、ソファに腰をおろした。三人も柊一郎にならう。

「偽物って、どういうことですか？」

祥明の問いに、柊一郎は、にっこり笑った。

「本物はこっちだ」

柊一郎はかばんから書物をとりだす。

古びた和綴じで、手書きの毛筆本だ。もとは白かったのだろうと推察できる表紙は、灰色がかった薄茶色に変色している。

「『雷公秘伝』……？　ではさっきの本は？」

「僕が作った偽物だよ。よくできていただろう？」

柊一郎はいたずらが成功した子供のように自慢げだ。

「てっきり江戸かそれ以前の書物かと思いました。でもこちらの本はそれほど古くないような……。この紙の状態からして、せいぜい明治か大正のものでしょうか？」

「天神書房の亡くなった主人も、写本のようだと言っていたよ。まあ内容さえ伝わっていればいいんじゃないのかな。『占事略決』だって、現存しているのは全部写本なんだろう？」

春記も興味津々といった様子で身を乗りだしている。

「それもそうですね」

祥明はうなずくと、最初のページをめくった。

「……これ、どう見ても占術書じゃないですね」

「ん？　なんだ一体。これは秘かにドンネル先生を観察し書き伝える記録帳である？」

ただし書きらしき一行に、春記も首をかしげる。

「ドンネル先生って……」

「雷おやじで有名だった北里柴三郎《きたざとしばさぶろう》に学生たちがつけたあだ名だよ」

柊一郎はにっこりと答えた。

北里柴三郎がわからず、きょとんとしている瞬太に、明治から大正にかけて活躍した医学博士だよ、と、解説してくれる。

「つまりこれは、北里柴三郎の学生がつけた手記ですか……？」

「そうだよ。なかなか愉快な観察日記だった。専門は違うけど、僕も長年大学で学生たちを指導しているから、他人事《ひとごと》とは思えないところもあったねえ。しかし、君たち、何の本だと思っていたんだい？」

「何って……春記さんが……雷公の占術書だって……」

　祥明が斜め前を見ると、春記は春記で頭をかかえてうめいていた。

「くっ、何てことだ。雷公といえば雷神の別名、さぞかし猛々《たけだけ》しい妖怪に違いないと思っていたのに、とんだ期待はずれだよ！　なんだってこんなつまらない手記を神社で保管してたんだ、まぎらわしい」

「春記さん、雷公の占術書だって嘘をついて妖怪本をおれに探させてたんですか……!?」

　祥明の質問に、春記はにっこりと微笑んだ。

「約束だったよね、先に読んでいいよ」

「結構です」

「まあそう言わず」

「そもそも電話で母におれのことをさりげなく示唆したのは、おれが母に追い回されている隙に『雷公秘伝』を独り占めしようと画策したからですよね？」

「えっ、そうなの!?」

驚く瞬太に、春記は、とんでもない、と、両手をひろげて否定した。

「愛するヨシアキ君にそんなことするわけないだろう」

「わら人形とブードゥー人形はどちらがいいですか？」

「まごころのこもった手づくりのプレゼントかい？　照れるなあ」

「二人とも落ち着きなさい」

柊一郎が割ってはいる。

毒舌漫才がとまらない二人を見ながら、瞬太はうとうとと居眠りをはじめたのであった。

六

月曜日。

いつものように夕方四時すぎに陰陽屋に行くと、祥明はベッドに寝そべって本を読んでいた。どうやら陰陽屋に平穏が戻ったらしい。

「春記さんは京都に帰ったの？」

瞬太は童水干《わらべすいかん》に着替えながら尋ねた。

「ああ。まったく人騒がせな男だよ。さすがは母の従弟だね」

「でも春記さんは祥明のこと大好きっぽかったよね。そっちの趣味の人なのかな？」

「春記さんは誰にでもあの調子だよ。男女関係なし」

祥明の毒舌は自分の親戚にも容赦がない。

「それって誰でもOKみたいに聞こえるけど……」

「あの人が本当に愛しているのは自分だけだ」

「へ？　じゃあ祥明のことも別に好きじゃないってこと？　あんなにベタベタしてたのに？」

「おれが死んだら顔では号泣しながら、嬉々として安倍家の書庫を検分しに来るに違いないさ」

瞬太も一度、国立まで書庫整理の手伝いに行ったことがあるが、代々学者の家系だというだけあって、古書の量は半端じゃなかった。

春記はたぶん、それなりに祥明のことを気に入ってそうな感じはしたが、同時に安倍家の蔵書も虎視眈々《こしたんたん》と狙っているのだろう。

「……複雑なんだね」

「ただの我がままさ。ああ、あと、自分の次にこよなく愛しているのは妖怪だな」

「妖怪博士なんだっけ」

「うん。あ、そうか。妖狐も妖怪だから、キツネ君の正体を知ったら間違いなく求愛するな。セクハラ大王だから目をつけられたら大変だぞ」

「だめだよ！　おれには三井《みつい》がいるし！」

言ってから瞬太ははっとする。

そうだ、三井にはふられたんだった。

祥明はまるで何も聞こえなかったように、無反応で本を読んでいる。

瞬太はぎゅっとほうきを握りしめた。

「……あのさ、祥明」

「ん？」

「何でもない。階段を掃除してくるね！」

瞬太は店の外にとびだした。

西の空には夕焼け雲がうかび、商店街のあちこちからおいしそうな匂いがただよってくる。

本当は三井の幸せのために、祥明との仲をとりもつくらいできれば格好良いのだろうが、なかなかその境地に達することはできない。

万里子さんは大人だよなぁ……。

ため息をつきながらほうきに顎をのせていると、聞き覚えのあるスニーカーの靴音が駅の方から近づいてきた。

「瞬太君、元気か？」

右手をあげて声をかけてきたのは、十月にもなってTシャツ姿の槙原《まきはら》だった。祥明の幼なじみなのだが、いつも予告なく、ぷらっと陰陽屋にやってくるのだ。

「槙原さん、久しぶりだね」

「なんだ、元気なさそうだな。顔に迷いがでてるぞ」

槙原は瞬太の顔をのぞきこんだ。

「そんなことは……」

ない、と、答えながらも、つい下を向いてしまう。

「よし、肉でも食いにいくか！」

「えっ、でも、仕事中だし……」

「掃除してるってことは、どうせお客さんも来てなくて暇なんだろう？」

「う、まあ」

槙原は階段をおりると黒いドアをあけた。

「おーい、ヨシアキ、ちょっと瞬太君を借りるぞ」

休憩室にいる祥明まで聞こえるように、大声をはりあげる。

祥明は「はあ？　勝手に何をやってるんだ」などと文句を言っているようだったが、槙原は気にせずドアを閉めた。

「さっ、行こうか」

「え、でも」

「大丈夫、大丈夫。たしか近くに焼き肉屋があったよね？」

「あるけど、この格好で焼き肉屋はちょっと……。目立つし、服や尻尾に焼き肉の匂いがついちゃうよ」

「それもそうだな」

二人は駅前のビルの三階にあるカラオケルームに入ることにした。ここなら人目を気にすることはないし、食べ物もけっこう充実している。

「それで瞬太君、例の女の子とはその後どうなった？　三井さんだっけ？」

槙原にいきなり尋ねられ、瞬太は心臓が止まりそうになった。焼きうどんにまぶした削り節が気管に入り、はげしく咳きこむ。

「大丈夫か？」

「う、うん……」

コップの水をがぶ飲みしたら、なんとかおさまった。

「三井とは……だめだった」

「もしかして、告白したの？」

「うん。三井は気がついてなかったみたいで、すごく驚いてたけど、やっぱり祥明が好きだって……」

「そうか、やっぱり、か」

槙原は口を横一文字にひっぱり、変な顔でしみじみとうなずく。

「おれが好きになった女の子も、ことごとくヨシアキが好きだったからな。歴史は繰り返すってことか。瞬太君のつらい気持ちはよくわかるぞ」

「なんとなく、わかってはいたんだけど……。はっきり言われると、なんか、しんどいね」

「うむ。だが待てよ。つまり君は一歩前進したんじゃないか？」

「へ？」

「三井さんがヨシアキを好きなのは、わかっていたことなんだろう？」

「うん」

「でも三井さんは、瞬太君が自分を好きだって気づいてなかったわけだ」

「そうだね」

「しかし今は知ってる。君が告白したからだ。これは一歩前進なんじゃないか？」

「でも、目が合うと気まずいんだ……。三井もすぐ目をそらしちゃうし」

「男として認識されたってことだよ！」

「……槙原さん！」

瞬太はぱあっと目の前が明るくなるのを感じた。

さすが槙原、自分とはつみあげてきた経験値が違う。

「……でもさ、三井の幸せを考えると、祥明とうまくいくように応援してあげた方がいいのかなって……わかってるんだけど、おれ、なかなかそこまで吹っ切れなくて……」

「ふーむ」

槙原は腕組みをした。

「三井さんには武術の心得はあるのか？」

「えっ？　ないと思うけど」

突然何を言い出したのかと、瞬太は戸惑う。

「ヨシアキの彼女になるということは、あのお母さんから壮絶な嫌がらせを受けるということだぞ。チョコレートケーキにゴキブリのおもちゃを入れられたり、タピオカと騙されてカエルのタマゴを食べさせられそうになったり、コーヒーに目薬なんて甘いものだ」

「それ犯罪じゃ……」

「うん。息子と彼女を別れさせるためなら、犯罪をもためらわないのが優貴子さんなんだよ」

「そ、そうか……」

怖い。怖すぎる。焼きうどんを口に運ぶ割り箸が震える。

そんな瞬太の反応におかまいなしに、槙原は、ひた、と、目を見つめてきた。

「だから、もし瞬太君が本気で三井さんの幸せを願うのなら、ヨシアキとうまくいかないよう全力で妨害すべきだ」

「えええっっ……!?」

瞬太は目をまんまるに見開き、口を大きくひらいたまま、焼きうどんをはさんだ割り箸をとりおとしたのだった。

第四話

天下無敵の暴走ファミリー

一

十一月にはいると、かえでも紅《あか》く染まり、すっかり秋めいてきた。

これからの季節は落ち葉が大変なんだよなぁ、と、ぼやきながら、瞬太《しゅんた》が階段でほうきを動かしていると、上海亭《シャンハイてい》の江美子《えみこ》が歩いてきた。ラーメンや餃子のおいしそうな匂いがするので、江美子が陰陽屋《おんみょうや》の近くを通るとすぐにわかるのだ。

「こんにちは、瞬太君。陰陽屋さんはいる？」

「うん、なかへどうぞ。そっちの二人も江美子さんと一緒？」

江美子の背後には、見慣れぬ二人の男女が立っていた。三十代くらいだろうか。

「キッチン宮本《みやもと》のマスターのお子さんたちよ」

「へー、はじめまして」

二人も瞬太にむかって、「はじめまして」「どうも」と挨拶を返してくれた。

キッチン宮本といえば、森下《もりした》通り商店街でも王子《おうじ》駅に近い方にある小さな定食屋だ。飲み屋でもないのに、なぜか主人は昔からマスターとよばれている。

「さ、二人ともこの下が陰陽屋さんよ。遠慮しないで」

「はあ……」

どうやら常連の江美子が、新しいお客さんを紹介してくれるらしい。ありがたいことなのに、不吉な予感がするのはなぜだろう。

とにかく祥明《しょうめい》に知らせなきゃ。

瞬太は一段とばしで階段をかけおりると、黒いドアをあけた。

「祥明、お客さんだよ！　江美子さんと、キッチン宮本の人たちだって」

「キッチン宮本の？」

祥明は店の奥にある休憩室からのっそりとでてきた。

「いらっしゃいませ、陰陽屋へようこそ」

白い狩衣《かりぎぬ》、藍青《らんせい》の指貫《さしぬき》、長い黒髪に金色の扇という胡散臭《うさんくさ》い格好に、はじめての二人は驚いて息をのんだ。新品の金色の扇は紅葉の絵入りで、お客さんからのプレゼントである。

「陰陽屋さん、キッチン宮本のマスターは知ってるわよね？　こちらは息子の洋介《ようすけ》さんと娘の郁子《いくこ》さん。結婚前は二人ともキッチン宮本の二階に住んでたんだけど、今は洋介さんは川崎《かわさき》で、郁子さんは大宮《おおみや》で暮らしてるの。今日は久々の里帰りってわけ」

「あの、どうも……。江美子さんから聞いてはいたけど、本当に陰陽師《おんみようじ》なんですね」

先に口を開いたのは郁子だ。

「映画やドラマで陰陽師を見たことはあるけど、まさか東京の、しかも森下通り商店街に陰陽師のお店ができていたなんてなぁ」

洋介はお化け屋敷に足を踏み入れたようなおっかなびっくりの表情で、薄暗い店内を見回している。

たしかに王子の商店街に陰陽師は意外すぎだよな、と、瞬太も思う。

「だから言ったでしょ、本格的な陰陽師さんだって！　陰陽屋さんができてからもう二年になるのよ」

「へぇ、そうなんだ」

「お試しで占いでもいかがですか？　手相占い、式盤《ちよくばん》占いなどいろいろできますが」

祥明は二人の新規顧客たちに、さわやかな営業スマイルをふりまいた。

「それがね、今日は二人で陰陽屋さんに相談したいことがあるんだって」

「ご相談ですか？」

「はい。陰陽屋さんのお噂はかねがね江美子さんから聞いています。解決できないトラブルはない、凄腕《すごうで》の陰陽師さんだそうですね」

郁子が意を決した表情で、用件を切りだしてきた。

祥明は一瞬、口もとをピクリとひきつらせたが、すぐに営業スマイルをとりもどす。

「過分なお言葉をちょうだいして恐縮です。それではこちらへどうぞ」

祥明は奥のテーブル席へキッチン宮本の兄妹《きょうだい》と江美子を案内した。瞬太は休憩室へお茶の用意に行く。

「あたしたちの父は、十二年前に母に先立たれた後、ずっと一人でキッチン宮本を切り盛りしてきました。でももう六十五になるし、そろそろ店をたたんで引退しようかなんて気弱なことを言ってたんですよ……半年前までは」

瞬太がお盆に湯呑みを四客のせて、そろそろと運んでいくと、郁子が暗い声で相談をはじめていた。

「今は違うんですか？」

「今日、母の十三回忌で久々に実家に集まったら、再婚することにした、って突然言い出したんです。お店も相手の女性と続けることにしたって……」

マスターはよりによって、妻の法事で再婚宣言をしたのである。その場の空気が凍りついたであろうことは、想像にかたくない。

だがあえて祥明は明るく答えた。

「それはおめでとうございます。ではご相談というのは結婚式の日取りでしょうか？それとも新婚旅行の方角を占いましょうか？」

「逆です！　何とか父を思いとどまらせたいんです！」

郁子は、ばん、と、両手でテーブルをたたいた。

瞬太は置こうとしていた湯呑みをあわててひっこめる。

「相手の女性は十五も年下の五十歳で、なかなかの美人で、気が利いて、もちろんお料理も上手だっていうんです。そんな素敵な人が、料理以外何の取り柄《とりえ》もない、口うるさくて、髪もしょぼしょぼの年寄りと結婚しようだなんて、お金目当てに決まってます！」

ちなみに女性の名前は鹿沼美保《かぬまみほ》。数年前に離婚して、現在は独身。子供はいないという。

「お金目当て？　失礼ですが、キッチン宮本さんがそんなに大儲けしているようには見えませんが……」

　キッチン宮本はごくありふれた下町の定食屋である。カウンター席しかない狭い店舗だ。ランチタイムにはそこそこ混雑するが、行列ができるほどではない。

「商売はたいして儲かっていないと思いますが、でも、あの土地だけでそれなりの金額になるはずです。狭いけど、王子駅から徒歩三分ですよ」

「なるほど。で、そのお相手の女性とは会ってみたんですか？」

「死んでも顔なんか見たくありません！」

　郁子は吐き捨てるように言うと、ぷいっと横をむいた。洋介も無言でうなずいている。

「そうですか……」

　困惑する祥明の肩を、江美子がぽんとたたく。

「というわけでね、陰陽屋さん、キッチン宮本のマスターをその女と別れさせてくれない？」

「……祈禱《きとう》ですか？　大願成就のお守りもありますが」

　わざと祥明はとぼけてみせるが、江美子に通じるはずもなく。

「方法はまかせるから、なんとか破談にもちこんでくれない？」

「だからうちは私立探偵でも便利屋でもないと、いつも言ってるじゃないですか」

「祈禱でも呪いでも占いでもいいのよ」

「お願いします！　父とキッチン宮本を守るためです！」

江美子に加え、郁子と洋介にまで迫られ、祥明は顔の前で扇をひらいた。

「少し調べる時間をいただけますか？」

「少しってどのくらい？」

江美子が扇ごしにぐいっと顔を近寄せる。

「一週間でどうでしょう？」

「そこをなんとか三日で」

「……とりあえず調べるだけなら」

祥明はしぶしぶうなずいた。

「じゃあよろしくね」

「はあ……」

階段の上で三人を見送ると、祥明はうんざりした顔でため息をついた。

「面倒臭いことになりそうだな……」

「恋愛相談はよくあるけど、別れさせてくれっていう依頼は初めてだよね？」

瞬太の問いに、祥明は顔をしかめた。

「恋愛相談ならいいが、どうも金銭トラブルの予感がするな」

「へ？」

「江美子さんの紹介でなければ、即、断るところなんだが……」

「調べてみるって答えてたけど、当然、キッチン宮本に行くんだよね？　あそこのポークジンジャー定食美味《おい》しいんだよな。それから、アジフライも」

瞬太がほくほく顔でのんきなことを言うと、祥明はチッと舌打ちした。

「何を調べに行くつもりだ。おれたちはグルメガイドの調査員じゃないんだぞ」

「定食屋に行って何も頼まないわけにはいかないだろ？」

「一緒に来てもいいが、自分の分は払えよ。それから吾郎《ごろう》さんに許可をもらうこと」

「わかってるよ」

瞬太はうきうきしながら、うなずいた。

二

夜八時すぎ。

陰陽屋を閉めた後、祥明と瞬太は洋服に着替えて、キッチン宮本に行ってみることにした。

狐の絵の入った街灯が明るく照らす商店街を、駅にむかって歩いていく。

王子《おうじ》稲荷《いなり》の周辺は、夜になると大半の店が閉まってしまうのだが、駅が近づくにつれて営業中の飲食店がふえ、にぎわってくる。

今の季節、キッチン宮本の入り口は開けっぱなしである。外から店内の様子をうかがうと、ピークタイムをすぎているにもかかわらず先客が三人いた。まあまあの繁盛ぶりだ。全員、スーツ姿のサラリーマンで、ばらばらに腰かけている。

「いらっしゃい」

カウンターの中には、いつもの白い調理服のマスターと、割烹《かっぽう》着《ぎ》姿の女性が立っていた。これが例の再婚相手の鹿沼美保だろう。たしかに美人である。

「おや、陰陽屋さん、今日はアルバイトの子も一緒かい?」

マスターが気さくに話しかけてきた。

祥明の長髪と端整な容貌は目立つので、たいていどこの店でも、一回行けば覚えられてしまうのだ。

「ええ、どうしてもポークジンジャー定食を食べたいってきかなくて」

「だってこの店の前通ると、いつもすごくいい匂いがするんだもん」

瞬太が言うと、「そうかい?」と、マスターはちょっと照れたような顔で、鍋に視線をおとす。

「お好きな席へどうぞ」

美保は愛想良く微笑《ほほえ》んだ。郁子の話では五十歳のはずだが、四十代前半にしか見えない。こんな庶民的な店なのに、白い割烹着の下は和服である。落ち着いたベージュの色無地だ。栗色の髪はきれいにセットされ、厚化粧に見えない上品なフルメイクをしている。口もとの小さなほくろが色っぽい。

これに対して、キッチン宮本のマスターは、見た目も実年齢通りの六十五歳。背は高いが小太りで、娘が評したとおり、しょぼしょぼの髪である。

お似合いの二人とは言いにくい。見ようによっては親子である。娘たちが金目当てだと勘ぐるのも無理はない。

「お決まりでいらっしゃいますか？　今日のおすすめはカレーライスの鳥唐揚げのせです」

美保が水のはいったコップを置きながら尋ねた。

「では、おすすめを」

「おれはポークジンジャー定食で」

「かしこまりました。鳥唐カレーをおひとつに、ポークジンジャー定食をおひとつですね」

美保はマスターの方をむき、おっとりと復唱する。

マスターは「あいよ」と、うなずくと、忙しく動き始めた。

「こちらのお店はずっとマスターお一人でしたよね？　もしかして、新しいおかみさんですか？」

祥明が話しかけると、美保はちょっとはにかんだような笑みをうかべた。

「そんな、おかみさんだなんておこがましい」

「いい雰囲気だから、てっきり結婚されたのかと思いましたよ」

しらじらしく祥明は言う。

「まあ近々ちゃんとするつもりだよ」

むっつりした顔でマスターが答えた。だがその口もとはゆるみまくっている。

「学生じゃあるまいし、この年で同棲っていうのもなんだから、籍だけはいれとこうかと思ってね。式だの旅行だの、そんな大げさなことはやらないつもりさ」

「どこでこんな美人をつかまえてきたんですか？」

「実はあたしが一目惚《ぼ》れしたんです」

祥明の問いに答えたのは美保である。

「会った瞬間に、この人だ、って」

「それはそれは……」

「きっかけなんて、どうでもいいじゃないか」

照れくさそうに話す主人と、洗ったお皿をふきながら頬をそめる美保。

なかなか幸せそうではある。

キッチン宮本の大盛りライスをなんとか胃におさめると、祥明と瞬太は店をでた。二人並んで、人通りのまばらな商店街をのんびりともどる。もう九時近いので、コートがないと少し寒い。東京の明るい夜空に、ぽつりぽつりと星がまたたいている。

「幸せそうだったよね？　もし本当に美保さんがお金目当てだとしても、マスターが幸せならいいんじゃないのかな？　マスターは美人の奥さんをもらえて幸せだし、美保さんはお金が手に入る。両方ハッピーじゃん？　祥明は金銭トラブルがどうとか心配してたけど、あの二人ならきっと大丈夫だよ」

おれもだいぶ大人になっただろう、と、瞬太は胸をはる。

「キツネ君は本当におめでたいな」

祥明はあきれ顔をした。

「何だよそのトゲのある言い方は。そりゃあの二人を別れさせないとお金をもらえないから、おまえは困るだろうけどさ」

「それだけじゃない。大人にはいろいろ事情があるんだよ。遺産配分とかな」

「遺産？　誰の？」

瞬太は話が飲み込めず、首をかしげる。そういえば祥明はさっきも金銭トラブルがどうのと言っていたが、そのことだろうか。

「現代日本には、とらぬ狸《たぬき》の皮算用の一種で、死なぬ親の遺産予想というのがあるのさ。キツネ君にもわかりやすくするために、仮に、キッチン宮本の土地と建物が五千万円だとしよう。キッチン宮本のマスターが亡くなったら、子供たちは二千五百万ずつ山分けできるものとあてにしていたわけだ」

「五千わる二だろ。それくらいおれにだってわかるさ」

「ところが、美保さんと再婚した後でご主人が亡くなると、五千万のうち半分の二千五百万は美保さんのものとなる。基本的に妻は半分相続するものと法律できまっているからだ。子供たちは残りを分け合うことになるから、千二百五十万円ずつになってしまう。一気に皮算用が半額に減ってしまうというわけだ」

「えっ、つまり子供たちが再婚に反対してるのは、遺産が減っちゃうから？　お父さんが悪い女にひっかかったって心配してたのは……」

「反対するための大義名分だろうな」

　やっとわかったか、と、祥明は肩をすくめた。

「なんでそんな連中の依頼を引き受けたんだよ！　遺産ほしさに親の再婚に反対する

なんて、子供たちの方が悪い奴らじゃないか!」

「別に悪くなんかないさ。高齢者の再婚話にはよくある事情だ」

「えっ、よくあることなの!?」

「子供たちにしてみれば、父親と死んだ母親が四十年も五十年もかけて築いた財産だぞ? 再婚相手にがっつり遺産を半分持って行かれるなんて我慢ならない話さ。しかもマスターはもう六十五だから、再婚後一年もたたないうちにポックリなんてことも、ないとは言えない」

まあ百まで生きるかもしれないから、これぱかりは神のみぞ知るだがな、と、さすがの毒舌魔神も一応フォローをいれた。

「うーん、そう言われればそうなのかもしれないけど、でも、何だかなぁ……。だってあんなに幸せそうなのに……」

「籍を入れなければ遺産トラブルは回避できるんだが、今回はご主人が籍だけは入れると言っているから、子供たちが大反対なんだろうな」

「もうこの依頼からは手を引こうぜ」

「だから、江美子さんの紹介じゃなかったらとっくに断ってるさ。自慢じゃないが面倒は大嫌いだ」

「あー、江美子さんか」

江美子は陰陽屋常連客の筆頭なのである。これまでも、なにかとややこしい相談を持ち込んでは祥明を悩ませてきたが、むげに断ることはできない。

「それにしてもあの鹿沼美保という女性は、どこかで見たことがあるような……」

南西の空に輝く火星を見ながら、祥明は眉をひそめた。

三

十一月ともなると日が落ちるのも早い。夕方四時すぎには、もう、太陽はほとんどビルの陰にかくれてしまい、商店街の道路にも細長い影がのびる。

いつものように瞬太が階段でほうきを動かしていると、珍しく草履《ぞうり》の足音が聞こえてきた。谷中《やなか》の初江《はつえ》ばあちゃんにくらべ、ゆったりした足どりだ。

顔をあげると、昨夜キッチン宮本にいた美保が、陰陽屋の看板をのぞきこんでいるではないか。今日はこまかい菊の文様のついた淡いとき色の着物だ。

「こんにちは、昨日はどうも。陰陽屋さんはいらっしゃいますか？」

昨夜は店中に食べ物の匂いが充満していてわからなかったが、ほのかに大人っぽい甘い香りがする。匂袋《においぶくろ》だろうか。

「うん、いるよ。店へどうぞ」

瞬太は美保を店内へ案内すると、休憩室でお茶の支度をした。

一体何の用で陰陽屋へ来たのだろう。占いだろうか？

瞬太がお盆に湯呑みをのせてそろそろと運んでいくと、祥明と美保はテーブルをはさんでにこやかに談笑していた。ただし二人とも、営業スマイルだが。

「それで本日はどのようなご用件でしょう？」

「単刀直入にお尋ねします。もしかして、宮本さんのお子さんたちに、あたしたちを別れさせてくれって頼まれたんじゃありませんか？」

「そんなことは……」

祥明ははぐらかそうとするが、嘘のつけない瞬太が、テーブルに湯呑みをひっくり返してしまう。

「あっ、ごめん！」

瞬太は袖《そで》からふきんをだすと、慌《あわ》ててこぼれたお茶をふく。

「キツネ君……」

「やっぱりそうなんですね……」

美保は口もとを手でかくして苦笑した。

「あたしはお金目当てだって思われるのは嫌だし、籍なんか入れないでいいって言ったんですけど、宮本さんが、いい年をした大人が同棲なんて小《こ》っ恥《ぱ》ずかしい真似《まね》ができるか、って、とりあってくれなくて」

「昨夜もそう言っておられましたね」

「あたしのせいで、宮本さんとお子さんたちの間に溝ができるのは不本意です。別れた方がいいんでしょうか……」

別れさせてくれと依頼されたのだから、別れろと言えばいいのだが、さすがの祥明もはっきりとは言いにくいのだろう。

「私の口からは何とも。宮本さんとよく話し合ってください」

「はい……」

神妙な顔でうなずくと、美保は立ちあがる。

「そろそろ開店準備の時間ですので、今日はこれで」

「あっ、あのっ」

瞬太は黒いドアをあけながら、美保に話しかけた。

「美保さんはマスターのことを本気で好きなの⁉」

美保は驚いたように目を見開き、一瞬の後に、はにかんだように頬をそめた。

「だったら遠慮なんかすることないと思うよ！」

瞬太の言葉に、困ったような、あいまいな笑みをうかべる。

「そうね……。でも、お子さんたちと仲違《なかたが》いなんてことになったら、宮本さんも辛いと思うの……」

「そうだよね」

瞬太はしょんぼりする。子供たちの存在を無視できるくらいなら、最初から陰陽屋になんか来る必要はない。この人は本当にマスターのことが好きなんだなぁ、と、しみじみ思う。

「すみません、うちのアルバイトが余計な口をはさみまして」

祥明は瞬太の後ろ頭を扇でペシッとはたいた。

「坊やのお気持ちはありがたくいただいておきます」

美保はほのかな残り香をただよわせ、再びゆったりとした足どりで階段をあがっていく。

「まさか気づかれていたとはな……」

さすがの祥明も困り顔である。

入れ替わりに、力強く軽快な靴音を響かせながら階段をおりてきたのは、思いがけない人物だった。

黒い革の上着に、黒いTシャツ、金のピアスと指輪。クラブドルチェの元ナンバーワンホストにして、現在はフロアマネージャーをつとめる雅人《まさと》である。

「雅人さん!?　お久しぶりです」

祥明は反射的に背筋をのばした。ドルチェでホストをしていた頃、厳しく仕込まれたのだろう。

「こんにちは」

瞬太も急いで頭をさげる。雅人は見かけによらず体育会系なのだ。

「久しぶりだな、ショウ、それからアルバイト少年」

雅人は軽く顎《あご》でうなずいた。

「ところで今の後ろ姿、銀座のクラブ波奈《はな》のママだろ？　彼女も陰陽屋の客だったのか？」

「あっ、どこかで見たような気がしていたんですが、波奈のママだったとは……！」

「気づいてなかったのか？　時々お店の女の子たちを連れて、ドルチェに遊びに来ていただろう。お客さんの顔と名前を覚えるのは、接客業の基本中の基本だぞ」

雅人はきゅっと鼻にしわをよせ、腕組みをする。

「すみません。ドルチェに来ていた時は洋服だったし、雰囲気がまったく違っていたので……」

「そういえば彼女、波奈のやとわれママをおりたって聞いたけど、今どうしているのか聞いてるか？」

「そこの定食屋を手伝ってますよ」

「はあ？」

「昨夜キツネ君と行ってきたので、間違いありません。キッチン宮本という小さな定食屋で、オーダーをとったり皿を洗ったりしてました」

「ふーん、どうした風の吹き回しかな」

雅人は眉根をきゅっとよせて、いぶかしげな表情をした。無理もない。

「まあいい。ところで葛城《かつらぎ》だが……」

雅人の口から葛城の名前がでた瞬間、祥明の口もとがビクッとひきつった。

行方不明のバーテンダーを捜しだすよう雅人から厳命をうけて以来、思いついたことは一通りやってみたのだが、手がかりひとつつかめていない。わかったことといえば、月村颯子《つきむらさつこ》が五十年以上前と二十三年前で、同じ顔をしていたということくらいだ。

「……すみません、その後、何の手がかりも得られていません」

祥明は平身低頭である。

「一昨日《おととい》ひょっこり帰ってきた」

「えっ!?」

祥明と瞬太は同時に驚きの声をあげた。

「香港《ホンコン》に行っていたらしい」

「香港!?」

「なぜ!?」

再び声がかぶる。

「行方不明の知人を香港で見たって噂を聞いて捜しに行った、とかなんとか言ってたな。それで自分が行方不明になってたんだから、とんだ人騒がせだよ」

「そうだったんですか……」

「今日から店にも復帰するから、詳しいことは直接本人にきけ、と、言いたいところだが、おまえが来ると何かと面倒だからな。近々ここに顔をだすよう言っておく」

「すみません、そうしていただけると助かります」

祥明は恐縮して頭をさげた。春にドルチェへ行った時、母の優貴子《ゆきこ》が乱入してきて大混乱だったのである。

「じゃあまたな」

祥明と瞬太は階段の上まで雅人の見送りにでた。いつのまにかすっかり夜空になっていて、風が冷たい。祥明は深々と、瞬太はぺこりと頭をさげる。雅人は鷹揚《おうよう》にうなずくと、駅にむかって歩きだした。

四

土曜日は朝から雨だった。ねずみ色の空の下、商店街に色とりどりの傘の花が咲く。

午後三時頃、瞬太が店内ではたきをかけていると、洋介と郁子が再び陰陽屋にやってきた。今回は洋介の妻の真弓《まゆみ》と郁子の夫の孝司《こうじ》も一緒である。ただでさえ狭い陰陽屋の店内はすし詰め状態だ。無理矢理全員で狭いテーブルを囲む。

「昨夜うちの色ボケ親父からツーショットの写真が送られてきたんですけど、一体どうなってるんですか!?」

郁子はのっけから攻撃モードである。

祥明はにっこり微笑んで、扇をひろげた。

「鹿沼美保さんは、財産目当てではありませんでした。彼女は半年前まで銀座のクラブでママをしていた高給取りで、お金にはまったく不自由していません。ですからみなさんの、お金目当てでお父さんに近づいたのではという懸念は、完全に払拭されました。無理に別れさせる必要もないでしょう」

祥明の答えに瞬太はほっとした。あの二人を別れさせるのは難しいと、祥明も考えたのだろう。

四人は戸惑った様子で、顔を見合わせている。

「金目当てじゃなかったのか……」

拍子ぬけしたように洋介がつぶやく。

「さっき外から店の様子をのぞいてみたけど、たしかにあの人、高そうな着物に草履だったわね」

洋介の妻の真弓は、陰陽屋に来る前に、こっそり敵情視察してきたらしい。

「銀座のクラブがうまくいかなくなって、クビになったんじゃないの？　でないと納得いかないわ。あんな美人が十五も年がはなれた、ちっぽけな定食屋のさえない親爺と結婚したいなんて」

郁子は今日も鼻息が荒い。

「この際、直接きいてみたらどうですか？　実はもう宮本さんと美保さんを呼んでありますす」

「えっ⁉」

「そんな急に……！」

四人が驚き慌てているのを無視して、祥明は二人を呼びよせた。

祥明としては、これ以上両側からあれこれ言われるのは面倒だし、さっさと決着をつけることにしたのだろう。しかし直接対決とはまた荒技にでたものだ。

几帳《きちょう》のかげからでてきたマスターと美保を、子供たちは気まずそうな顔でむかえる。

それにしても狭い。

「これまでのお話は聞こえていましたよね？」

「ああ」

「はい」

白い調理服のマスターは苦《にが》りきった表情で、和服の美保は寂しげに目を伏せて、それぞれうなずく。

「今さらとりつくろってもしょうがないからはっきり言うけど、あんた、お金目当てでしょ？」

郁子はすっかり開き直って、美保をにらみつけた。

「違います。あたしは純粋に宮本さんのことが好きなんです。お金なんていりません」

「口ではなんとでも言えるものね」

郁子は腕組みして、フンと鼻をならす。

「おい、郁子」

父親が娘をたしなめようとするが、美保がそっと腕をおさえて首を横にふる。

「もし口約束なんか信じられないとおっしゃるんでしたら、あたし、遺産は一円もいりません、って、一筆入れます」

「何もそこまですることはないだろう⁉」

マスターは驚いて美保をとめた。

「それならいいんじゃないか？」

洋介はあっさり納得したようだったが、郁子と真弓はまだしかめっ面《つら》のままである。

「あたしからも、美保さんにうかがいたいことがあるんですけど」

血気盛んな郁子とは対照的に、兄嫁の口調は冷ややかである。

「義父《ちち》はもう六十代も半ばです。今は元気でも、いつ突然倒れて、日常生活が不自由になるかわかりません。万一の時は下《しも》の世話をする覚悟はあるんですか？」

真弓のぶしつけな質問に、マスター本人はもちろん、郁子までもがぎょっとする。

「お、おい、真弓、何も今からそこまで……」

「大事なことでしょう？　お義父《とう》さんの介護をおしつけようとしているわけじゃありません。年の離れた男性と結婚することへの覚悟を聞いてるんです」

洋介が小声で止めようとするが、真弓はピシッと封じ込めた。

「どうです？」

真弓はひた、と、美保を見すえた。真弓の方が若干年下のはずだが、まるで姑《しゅうとめ》のような威圧感がある。

美保は真弓の視線をまっすぐ受け止めると、ふわりと微笑んだ。

「もちろんです。この人がどんな状態になっても、心をこめてお世話させていただくつもりです」

「美保さん!?」

「何てできた人なんだ！」

美保の答えに小躍りしたのは、洋介と孝司だった。なぜか二人で手をとりあい、感動をわかちあっている。

「ありがとう、美保。そこまで言ってくれるなんて、おれは本当に果報者だよ……」

マスターは照れくさそうに、だが、かなり嬉しそうな様子で感謝を述べた。

「一生そいとげる決心をしたんですもの、あたりまえのことを言っただけです」

美保はにっこりと答える。

「そこまでの覚悟があるのなら、もう、何も言うことはありません。どうぞお幸せに」

真弓も満足げにうなずいた。

もはや郁子以外は全員、結婚賛成派である。

郁子は膝の上のこぶしをぎゅっと握りしめた。

「お義姉《ねえ》さん、自分が父さんを介護したくないからって、こんな人の言うことを真に受けるんですか!? あたしはそんなきれいごと信じないわ！ 絶対に口先だけの嘘つきよ！」

真っ赤な顔で真弓に抗議する。

「あら、遺産放棄の一筆を入れてくれて、しかも、介護もしてくれるって言うのよ？ こんないい話に反対するなんて、郁子さんの方がどうかしてるわ」

真弓は冷ややかに応じた。

何だかんだ言って、やっぱり介護は美保にまかせたいらしい。

「だからそんなおいしい話がころがってるなんて、おかしいって言ってるのよ！」

「じゃあ万一の時の介護はどうするの!?　結局あたしにやらせる気なんでしょ!?」

ついに真弓も声を荒らげた。

真弓は去年まで実家で父親の面倒をみていたが、かなり大変だったのだという。

「そんなに義姉さんが嫌ならあたしがやるわよ！　それでいいんでしょ!?」

長男の嫁と長女の間で火花が散る。

郁子と美保の直接対決のはずだったのが、戦況の予期せぬ展開に祥明も困惑気味だ。

洋介と孝司も視線をきょときょとと泳がせるばかりで、何も言わない。もはや恐ろしくて口をはさめないのである。

「おまえたち、いいかげんにしろ！」

たまりかねて参戦したのは父親であった。

五

「もうおまえたちに賛成してほしいなんて言わねぇよ！　おれは勝手に美保と所帯をもつ。金目当てなんて言われないよう、おれが死んだら店も貯金も全部、慈善団体に寄付するように遺言書をつくる。美保に一筆なんて入れさせる必要はなし！　おまえたちにもびた一文やらん！」

「えっ⁉」

「お、お父さん⁉」

慌てふためく兄夫婦や夫を尻目に、郁子だけは「あらそう⁉」とふてぶてしく開き直っている。

「じゃあ今すぐその遺言状つくってよ！　それでもその人がお父さんと結婚してくれるかどうかみものだわ！」

郁子はゆらりと立ち上がって、バン、と、右手でテーブルをたたいた。

「郁子、おまえってやつはどこまで性根《しょうね》がねじくれていやがるんだ……！」

「あたしは別にそこまでする必要はないと思います。美保さんを信じてますから」

真弓はころりと態度をかえ、つくり笑いで義父のご機嫌をとろうとする。

「宮本さん、落ち着いてください」

美保がなだめようとするが、マスターは聞く耳をもたない。

「こんな意地の悪い娘の言うことなんか気にすることはねぇよ、美保。おれが育て方を間違った。嫌な思いをさせて本当にすまない。こんなわからずやの子供たちは、今日を限りに勘当するから忘れてくれ」

「おれも勘当なのか……」

巻き添えをくらって困惑する洋介と慌てる真弓。

「よくも言ったわね！　このくそオヤジ！　こっちこそあんたなんか逆勘当よ！」

郁子は一歩もひかない。

「ぐぬぬぬぬ……！」

今にも額がぶつかりそうな距離で、郁子とマスターはにらみあった。もはや遺産どうこうではなく、ただの親子げんかである。

「どうするんだよ、祥明、これってまずい展開じゃないのか？」

「直接話し合わせた方が手っとり早いと思ったんだが、裏目にでたな」

「何とかしろよ」

「うーん」

祥明は扇をこめかみにあて、考え込む。

「まあ、とにかく、勘当だか逆勘当だかで絶縁することは合意に達したわけですから、マスターと美保さんが結婚しても何の問題もないと思いますよ。ね、美保さん」

祥明が美保を見ると、青ざめた表情でうつむいている。

「美保さん……?」

「あの……」

美保は意を決したように口をひらいた。

「宮本さん……。すみません、あたし、もうあなたとはお会いできません。結婚の約束もなかったことにしてください」

静かに頭をさげる。

「美保!?」

マスターはぎょっとした表情で声をあげた。

「ほーら、やっぱりこういう女だったのよ。お父さんが遺産を寄付するなんて格好つけたこと言うから、ぷっぷっぷー」

　一方、郁子は笑いが止まらない。

「遺言状のことが理由ではありません。あたしにとって、宮本さんは理想の父親だったんです……。でも、まさか、子供よりもあたしを選ぶなんて……。そんなの、あたしが好きになった宮本さんじゃありません……！」

「えっ⁉」

　さすがに今度は郁子も驚いて、目をむいた。

「はじめて宮本さんが銀座の波奈に来てくださった時、あたし、一目で好きになりました。しょぼしょぼした髪の毛、いかにも下町のおやじっぽいぶっきらぼうな話し方、低くて渋い声、かっぷくのいいお腹。三十年前に亡くなった父が生きていたら、きっとこんな感じになってるんだろうなって思ったら、もう、心臓のドキドキが止まらなくて。この人こそがあたしの理想の父親にして男性だって思ったんです」

「み……美保……⁉」

　マスターは赤くなったり、青くなったりしながら、口をぱくぱくさせている。

「でも、それは、あたしの勘違いだったみたいです。宮本さんは、あたしの理想の男性ではありませんでした……」

「だ、だって、それは、おまえのことを好きだから……結婚しようと……」

なんとかマスターは声をしぼりだすが、美保は首を左右にふった。

宮本家の子供たちは、目を大きく見開いて、絶句している。

「あの……美保さん……？」

今日は予期せぬ展開続きで、さすがの祥明もどう声をかけたものか、言葉がでてこない。

「陰陽屋さん、ありがとうございました。おかげで目がさめました」

「えっ、いや……、そう……ですか？」

「宮本さん、どうぞお元気で……！」

全員が呆然と立ちつくす中、美保は階段をかけあがっていった。

「おれは男として愛されてたわけじゃないんだな。ははは……ははは……はー……」

マスターはがっくりとうなだれ、放心状態だ。

「あの人、本当にお金目当てじゃなかったのね……ある意味、父さんのこと、本気だったんだ……」

郁子もすっかり毒気を抜かれ、呆然としている。

「今さらわかったって、もう手遅れよ！」

地団駄をふむ真弓。

洋介と孝司は無言で、すっかりさめたお茶をすする。

「祥明、これ、どうするんだよ」

「どうって……まあ、当初の依頼通り破局したんだから、いいんじゃないのか？」

祥明は扇をひろげて、肩をすくめた。


月曜日の夕方、江美子が陰陽屋にあらわれた。

上海亭の仕込みがはじまる時間だが、放りだしてきたらしい。

「ちょっと、ちょっと、陰陽屋さん！　一体どうなってるの!?　キッチン宮本のマスター、一昨日《おととい》から寝込んじゃって、お店もずっと臨時休業してるんだけど」

郁子たちから何も聞いていないらしく、あわてふためいた様子である。

「いろいろ波乱の展開がありましたが、江美子さんのご希望通り、再婚話は破談になりました」

「困るわ、陰陽屋さん。たしかに二人を別れさせてくれとは言ったけど、マスターを寝込ませちゃうなんてやりすぎよ！」

江美子は口をとがらせて文句を言った。

通常であればこのへんで祥明の忍耐が底をつき、毒舌モードに突入するところだが、相手が江美子ではそうもいかない。

何より今回は、直接対決でかえって事態を悪化させたという後ろめたさがある。

「申し訳ありません。ですが、マスターを寝込ませたのは、美保さんの爆弾発言です。理想の父親ではないことがわかったから別れてくれ、なんて言い出したんですよ」

祥明はすべての責任を美保に押しつけた。美保の一言が祥明によって後押しされたことは、この際黙っていることにしたようである。

「はあ、何それ？」

「どうも彼女はファザコンだったようですね」

祥明がかいつまんで説明すると、江美子はぷんぷん怒りだした。

「んもう、あの女、マスターの男心をさんざんもてあそんで、本当にとんでもない性悪だったのね！」

「別れて正解だったんですよ」

祥明は江美子をまるめこむことに成功したかに見えた。

「でもこのままはやっぱり困るわ。郁子ちゃんもすっかり落ち込んでるみたいだし。お祓《はら》いでも祈禱でも何でもいいから、何とかしてよ、陰陽屋さん」

「何とかと言われても……」

ここまでこじれてしまった暴走一家の人間関係を修復できるとはとても思えない。

「そこを何とかしちゃうのが陰陽屋さんでしょ」

「うーん……」

江美子の無茶な要求に、祥明はため息をついた。

六

夜七時をすぎると、商店街にもまばらに虫の音《ね》が響きはじめた。コンビニからはおでんの匂いがただよってくる。

そろそろ腹が減ったなぁ、と、思いながら、瞬太が店内ではたきをかけていると、静かな靴音が階段をおりてきた。

瞬太が提灯《ちょうちん》を片手に黒いドアをあけると、そこに立っていたのは、夜だというのに、濃い色のサングラスをかけた男だった。

「……葛城さん⁉」

「どうも」

「祥明、葛城さんだよ！　ドルチェの黒眼鏡《くろめがね》の葛城さん！」

「えっ⁉」

祥明がばたばたと休憩室からとびだしてくる。

「お久しぶりです、ショウさん。ずっと連絡できなくてすみません」

「雅人さんから聞きました。香港に行ってたそうですね」

「はい。香港に着いたら連絡するつもりだったのですが、携帯の電池がきれてしまって、どこにも連絡できなくて。充電器は持って行っていたのですが、安ホテルだったので、コンセントがあわなかったんです……」

以前ドルチェの慰安旅行で高級ホテルに泊まった時には何も問題なかったのですが……と、葛城は弁明した。

「部屋の固定電話から国際電話をかけようにも、携帯が充電できないと電話番号がわからないし、もちろんメールアドレスもわからなくて……。本当にすみませんでした」

「フロントでアダプターを借りられなかったんですか？」

「先週、ドルチェのみなさんに言われて気がつきました……」

つまり言われるまで気がつかなかったらしい。

祥明はさすがに笑顔をひきつらせた。

「……次回からは旅行にでる前にお知らせいただけると助かります」

「はい」

葛城は恐縮しきった様子で頭をさげる。

「ところで、香港には人を捜しに行っていたと聞いたのですが、もしかして、例の、月村颯子さんを？」

「はい、彼女を香港で見かけたという情報があって……。半年かけて捜したのですが、見つかったのはまったくの別人でした」

「そうですか。実はこちらでも月村さん捜しを続行していたのですが、つかんだのは妙な手がかりばかりです」

「手がかりがあったんですか⁉」

葛城は驚きの声をあげた。

「店に貼ってあるこの写真を見たキツネ君のお祖母《ばあ》さんが、子供の頃、この女性からお菓子をもらったと言うのです」

「お祖母さまが子供の頃の記憶ですか？　それは確かなお話なのでしょうか……？」

葛城の声にかすかな落胆がまじる。

「おれもそう考えました。そこで、たまたま若い頃、キツネ君のお祖母さんと同じアパートに下宿していた祖父にも写真を確認してもらいました。たしかにこの女性が、祖父の友人の篠田《しのだ》さんを訪ねてきたのを見かけたそうです。孫のおれが言うのも何ですが、祖父の記憶力は尋常ではないので、信用していいと思います」

「…………」

葛城は無言で考え込む。にわかには信じられないのだろう。

「さて。今度はこの写真を見てください」

祥明は竹内《たけうち》家の写真の拡大コピーを葛城の前に置いた。竹内由衣《ゆい》の祖父と月村颯子が一緒にうつっている。

「これは……？」

葛城は身をのりだし、写真に見いる。

「以前クラブドルチェで、月村さんの写真を持っている人がいる、という話はしましたよね」

「これがその写真ですか。確かに彼女に間違いないようですが……。この男性が持っていたのですか？」

「ご本人はもうずいぶん前に亡くなられたのですが、アルバムに残っていた写真をお孫さんが見せてくださったんです。この男性を葛城さんはご存知ですか？」

「いいえ」

「そうですか。実はこの人は、化けギツネで、酔っ払うとしばしば尻尾《しっぽ》をだしていた、という話を娘さんたちがしておられました」

葛城は三秒ほど絶句した。

「……ショウさん、からかわれたんじゃありませんか？」

「さらに言えば、五十年以上前、月村さんが訪ねていたという篠田さんも化けギツネだったそうです。やはり祖父が尻尾を目撃して、しかも、さわったこともあると言っていました」

「そんなばかな……」

「こんな感じだったみたいだよ？」

瞬太はふさふさの尻尾を葛城の前で動かしてみせる。

「この月村颯子さんという人は、化けギツネに縁のある方なのではありませんか？もしかしたら、葛城さんご自身も」

「……そんな荒唐無稽な……」

言葉では否定しながらも、葛城の額には汗がにじんでいる。

「正確な情報を教えていただかないと、こちらとしても捜しようがないのですが。もう月村さん捜しはあきらめますか？」

「そ、それは……」

葛城は手を組んだりほどいたり、すっかり落ち着きをなくしている。

「あ、葛城さん、耳が……！」

「えっ⁉」

葛城はとっさに両手で左右の耳を押さえた。

押さえてから、しまった、という顔をする。

「ショウさん……」

「もふもふにはなってませんよ。ご安心ください」

「負けました」

ため息をつくと、葛城はサングラスをはずした。

ほんのり金の輝きをおびた琥珀《こはく》色の瞳と、縦長の瞳孔。もちろん立派なつり目だ。

「化けギツネって、おれ一人じゃなかったんだな……！」

瞬太はドキドキしながら葛城の瞳をのぞきこむ。これまでも、篠田と竹内の祖父が酔っ払って尻尾をだしていたという話は聞いていた。だが、実際に自分以外の化けギツネに会うのは初めてだ。

うまれて初めての化けギツネ仲間の出現に、瞬太は大興奮である。

「私も五年前に母が亡くなって以来、同族に会うのは久しぶりです」

葛城は目を細める。

「葛城さんはおれが化けギツネだって、前から気がついていたんだろう？　どうして今まで言ってくれなかったの？」

「同族に会っても、人前ではお互い気づかぬふりをするのが我々の礼儀です。それに、最近では精巧なつけ耳がでまわっているので、識別がむずかしくて……」

「たしかに……」

瞬太も狐の行列で、動く猫耳をつけた人を見かけてドキッとしたことがある。よく見たらわかるのだが、夜目でしかも遠目だと、だまされそうになるのだ。

「それで葛城さん、耳は？　尻尾は？」

「大人はむやみに人前で耳や尻尾をださないものなのです。ご容赦ください」

「む、祥明、おまえあっちに行ってろよ」

瞬太が几帳《きちょう》を指さすと、祥明はむっとした顔で瞬太の鼻のてっぺんを扇の先でつついた。

「誰の店だと思ってるんだ、アルバイト高校生」

「うわ、やめろよ」

瞬太は顔をそむけて、両手で鼻をかばう。

フン、と、満足げに鼻をならすと、祥明は葛城に向き直った。

「話を戻しますが、月村颯子さんも化けギツネだから年をとらないんですか？」

「颯子さまは特別な存在です。化けギツネの中の化けギツネとでも言いますか……。噂によると、何百年も生きているのに、年齢不詳の若さと美しさをたもち、白い九本の尻尾があるとかないとか。化けギツネの中でも、別格の存在です。長老というか、女ボスというか……」

「何百年……？」

今度は祥明が疑惑の眼差《まなざ》しを葛城にむける番だった。

「噂では、です」

「何百歳かぁ……。葛城さんは随分年上が好きなんだね」

「えっ!?」

「月村さんのことが好きだから捜してるんだろ？　違うの？」

瞬太はずっと、葛城が昔会ったっきり行方がわからなくなってしまった片想いの相手を捜しているのだと想像していたのである。

「颯子さまのことが好きだなんて、そんな恐れ多い……！」

葛城は驚愕した様子で、きっぱりと否定した。

「じゃあどうしてそんなに一所懸命、月村さんのことを捜してるの？」

「それはおれも気になっていました。月村さんを捜すヒントがあるかもしれないので、話していただけませんか？」

「…………」

葛城はしばらく考え込んだ。

「必ず颯子さまを捜しだすと約束していただけますか？」

琥珀色の瞳が、祥明の黒い瞳をのぞきこむ。

「それは……」

「捜すよ！」

言いよどんだ祥明にかわって請け合ったのは、瞬太である。

「捜しだせるかどうかわからないけど、一所懸命捜すよ。それは約束する」

「瞬太さん……」

葛城は苦笑をもらした。

「私の家では、代々、颯子さまにお仕えしてきました。今風に言うと、秘書兼ボディガードといったところでしょうか」

「へー」

瞬太は目をしばたたいた。「お仕え」なんて日本語を、時代劇以外で聞いたのははじめてである。

「父が亡くなったあと、兄がその役目をひきついだのですが、十八年前に水死体で発見されたのです。兄の身体《からだ》からも、着衣からもアルコールの臭いがぷんぷんしていましたし、警察は、酒に酔って川に落ちて溺れたのだろうと判断しました」

葛城は眉間に深いしわをきざんで、言葉を切った。

「事故ではない、と、葛城さんは疑っているんですね？」

祥明の問いに、無言でうなずく。

「他殺を疑う根拠はあるんですか？」

「はい」

葛城はきゅっと口もとをひき結んだ。

「こんなことを言うと、お二人はお笑いになるかもしれませんが……」

「そんなことは決してありません」

「そうだよ！」

「本当に……？」

「本当です。決して笑ったりしませんから、話していただけませんか？」

祥明と瞬太はうなずき合う。

瞬太は固唾《かたず》をのんで、葛城の次の言葉を待った。

「兄は、酔っ払ってなどいなかったと思うのです。なぜなら、川へ落ちるほどへべれけに酔っ払っていたのなら、尻尾がでていたはずなんです……！」

「…………！」

祥明は奥歯をかみしめ、大きくあえいだ。胸が上下している。必死で笑いをこらえているに違いない。

瞬太もギュッとパンツの上からふとももをつねり、顔がゆるむのを必死でこらえた。

「……笑いそうになってますね？」

葛城は疑い深そうな眼差しを二人にむける。

「とんでもない」

そう言いながら、祥明は顔の前で扇をひろげた。ずるいぞ、と、瞬太は心の中で叫ぶ。

「そもそも兄は、颯子さまにお仕えする役目を父から引き継いで以来、禁酒していたのです。それが酔っ払って溺死だなんて、おかしいでしょう」

「司法解剖はしなかったんですか？」

「遺体が発見されたのが地方の小さな町だったこともあって、嘱託医《しょくたくい》による検死だけでした。自腹で大学病院に解剖を依頼するという選択もあったのですが、いろいろ不都合な発見をされても困りますし……」

葛城は沈痛な面持《おもも》ちでうつむいた。

「化けギツネってそこが不自由だよね」

病院に関しては瞬太も常日頃から不自由しているので、葛城のジレンマはよくわかる。

「お兄さんは誰かに怨《うら》まれていたんですか？」

「わかりません」

葛城はテーブルの上で両手を組み、ぎゅっと握った。

「もう、私には何がなんだか……考えれば考えるほどわからなくなるんです。颯子さまなら何かご存じのはずなのですが、兄が亡くなってしばらくたったある日、一人でお出かけになられたっきり、戻って来られなくて。ずっと捜しているのですが、生きているのか、死んでいるのかすらわからない状況です」

「それで月村さんを捜しに香港まで……」

「はい。亡くなった母も、ずっと兄の死について疑問を抱いていたようです。せめて墓前で報告できるといいのですが……」

葛城は祥明に深々と頭をさげる。

「お願いします、ショウさん。颯子さまを捜しだしてください。そして兄の死の真相をつきとめてください」

自他共に認める面倒臭がりの祥明だが、さすがにこの話を聞いた後では断りづらかったのだろう。

「わかりました。できるだけのことはやってみます」

扇を閉じてうなずく。祥明の言葉に、葛城はほっと安堵の表情をうかべた。

「ありがとうございます。瞬太さんは、今はまだお酒を飲む機会はないでしょうけど、大学生になったらくれぐれもコンパには気をつけてください。お酒の失敗で正体がばれるケースが多々ありますから」

「大丈夫だよ、おれ大学生になる心配ないから。受けても絶対に受からないし、その前に高校卒業できない気がする」

「そ、そうですか……」

瞬太がきっぱり宣言すると、葛城は驚いた様子で目をしばたたいた。

「それではまた何かわかったら連絡します」

真っ黒なサングラスをかけ直し、席を立つ。

「あ、そうだ……」

葛城は黒いドアの前で、祥明の方を振り返った。困ったような眉をしている。

「ショウさん、クラブ波奈のママに何があったのかご存じですか？　ここのところ毎晩ドルチェで、大声で泣きくずれていらっしゃるのですが」

「美保さんが？」

「あの方があれほどの泣き上戸《じょうご》だったとは、正直私も驚きました。他のお客さまも不審がられるし、ホストたちもみんな困っています。それで、雅人さんがショウさんに、何とかするよう伝えろと……」

「何とかしろと言われても……」

祥明も困り顔になる。

「なぜ荒れているのか、理由をご存じなんですか？」

「まあ、一応」

祥明の口もとがピクリとひきつる。

「何もしないで放っておいたら、雅人さんのことですから、直接こちらにのりこんでいらっしゃるかもしれません」

「……雅人さんですからね」

「はい、雅人さんですから」

二人は畏怖を込めて名前を口にし、うなずき合う。

「しかし……何とかって言われても……うーん」

祥明は顔をしかめ、腕を組んで考え込んだ。

七

瞬太ははじめて自分以外の化けギツネに会った興奮でわくわくしながら、足どりも軽く帰宅した。

玄関で靴を脱ぐのももどかしく、みどりと吾郎にむかって大声で報告する。

「葛城さんが帰ってきた！　葛城さんも化けギツネだった！　つり目だったよ！」

びっくりして吾郎は手に持っていたしゃもじを落とし、みどりはフリーズしたようにピタリと動きをとめてしまう。

「か……葛城さんって、ずっと行方不明だったバーテンダーさんかい？」

先に口を開いたのは吾郎だった。

「うん。香港に行ってたんだって」

「ちょ……ちょっと、ここにすわりなさい」

みどりはダイニングテーブルの椅子を指し示す。

瞬太は今日の陰陽屋でのできごとを、ことこまかに話した。二人は黙って聞いている。さすがに葛城の兄の死にまつわる疑惑を店の外で話したら、祥明に叱られそうだったので、そこだけは省略したが。

「でね、月村颯子さんって、化けギツネの女ボスなんだって。おれ、てっきり葛城さんが昔好きだった人か何かだと思ってたんだけど、そういうんじゃないみたい」

「化けギツネの女性……？」

みどりはハッとした表情で眉根をよせた。

「瞬ちゃん、ひょっとしてその人が、瞬ちゃんの本当のお母さんだったらどうする……？」

沢崎家の空気がはりつめたように瞬太は感じる。

「……それは、ちょっと、微妙……かも……」

瞬太は戸惑い顔で耳の裏をかいた。

「どうして？」

「だって、何百年も生きてるすごい化けギツネだって……。葛城さんも別格とか長老とか言ってたし……。谷中のばあちゃんよりうんと年上のお母さんって……」

「あ、あら、それはないわわね、ごめんごめん」

あははは、と、みどりはほっとしたように笑う。

「それよりおれ、自分から話しはじめておいて悪いんだけど、腹減った……。さっきからすごくいい匂いがしてるんだもん。これは焼サバだよね？」

「ああ、うん、今日は焼サバのレモンドレッシングがけだよ。かぼちゃの豆乳スープを温め直すから、着替えてきなさい」

「ちゃんと手も洗うのよ」

「はーい」

瞬太はぱたぱたと二階にある自分の部屋にあがっていった。

八

土曜日の午後三時。

どんよりと暗い雲がたれこめる中、キッチン宮本のマスターと娘の郁子が陰陽屋にあらわれた。江美子と雅人の二人にかけられたプレッシャーに負け、祥明が呼んだのである。

これ以上事態をややこしくしないよう、洋介真弓夫妻と孝司には声をかけなかったらしい。

お互いに勘当宣言をした父と娘は、テーブルを無言で囲んだ。表情はむっつりしており、決して目をあわせようとしない。

ここ一週間ずっと寝込んでいたというマスターは、すっかり鬚《ひげ》がのび、頬がこけて、やつれた風情になっている。

「今日はなんだか冷えるわねぇ、もう十一月も後半だもんね。瞬太君、その格好だと足が寒いでしょ。生姜《しょうが》のきいたスープとか身体《からだ》が温まっていいのよ」

父と娘がまた大げんかになった時の仲裁役としてよばれた江美子は、一人で当たり障《さわ》りのないことをぺらぺらしゃべっている。

「お忙しい中、みなさん、陰陽屋へようこそ」

「まだあたしに何か用があるんですか?」

先に口を開いたのは郁子だった。目の下には黒ずんだくまがうかび、疲れ果てた様子である。

祥明は、こほん、と、咳払いをした。

「今まで黙っていましたが、今回のこの一件のこじれっぷりには、何か尋常ならざるものの気配を感じます」

「はあ？　何それ？」

郁子は眉間にしわをよせて首をかしげた。

「まさか何かの祟《たた》りが!?」

江美子が目をきらりと輝かせた。

「祟り？」

「そんなばかな」

うっかり意見が一致しそうになって、慌てて郁子とマスターは顔をそむけた。

「尋常ならざる気配なんて言われても、何のことだかわからないわ。ちゃんと説明してください」

郁子は不信感まるだしの表情だ。

「奇妙な違和感とでも言えばいいのか……。詳しいことを調べるために霊視してみましょう。キツネ君、水盆の用意をしてくれ」

「わかった」

瞬太は銀色のお盆をテーブルの上に置いた。ただの水が入っているように見えるが、実は透明な水溶液である。

「みなさん、目を閉じていただけますか」

祥明は水盆の上に手をかざし、ゆっくり動かしはじめた。実はこまかい金属のかけらを投入しているのだ。

「……宮本さんの前に集中的に泡がたっていますね。もしや、何かが取り憑《つ》いているのかもしれません」

「おれに!?」

マスターはぎょっとする。

「どうも肩こりがひどいとか、妙に身体が疲れるといった症状はありませんか？」

「……ある…………」

「やっぱり。取り憑かれている人は、肩が重くなるんですよ。特に左ですね」

「う………」

マスターは自分で左肩をがしっとつかんだ。本当に左肩がこっているらしい。偶然だろうか。それとも自己暗示か？

「まさか死んだ母さんが!?」

顔を青くしたのは郁子だ。

「お母さまは十二年前に亡くなられたのでしたね？」

「はい。父と母は町内でも有名なおしどり夫婦で、あたしにとっては理想のカップルでした。それが、父がいい年して、十五も年下の女に骨ぬきになっちゃって……母も草葉の陰で泣いてると思うんです……」

「わかるわ。マスターと奥さんは森下通り商店街のベストカップルだったもの」

うんうん、と、江美子も同意する。

「や、やめろよ、明代《あきよ》はそんな、祟ったり呪ったり取り憑いたりするような女じゃなかったって……！」

そう言いながらも、マスターは左肩をつかんだまま顔をひきつらせている。明代というのは亡くなった妻の名前だろう。美保と再婚しようとした件について、多少の後ろめたさは感じているようだ。

「母さんの法事の日に再婚宣言なんかするからよ。腹をたてて化けてでたんじゃない？」

「バッドタイミングだったわね」

郁子が冷ややかに言うと、江美子も同意する。

「で、でも、あいつが死んでもう十二年もたつんだから、いいかげん許してくれてもいいだろう？」

マスターは女性二人にせめられて、すがるような目で祥明を見た。

「……そうですね、これはどうも奥様の霊ではないようです」

「ほらみろ！」

マスターは手の甲で額をぬぐった。冷や汗でもにじませていたのだろう。

「待てよ、じゃあ何の霊がおれに取り憑いてるってんだい!?」

落ち着かなげに、右手で左肩をなでまわす。

「それはそれで気味が悪いんですけど……」

郁子も眉をひそめている。

「これは動物霊ですね……猫に心当たりはありませんか？」

祥明が重々しく告げた。さすがに亡くなった妻の祟りにするのは気がひけたのだろう。

「うちは食べ物屋だし、動物なんか飼ったことは……あっ、でも、母さんが野良猫たちにアジの骨とかあげてたわ」

「その中に黒猫はいませんでしたか？　おそらく雌の」

雌の黒猫なんて、ずいぶん限定した質問である。突然祥明に霊能力がめばえたのでなければ、おそらく江美子から情報を仕入れたのだろう。

「黒野良のヒジキ!?　母さんにすごくなついてたわよね」

「ああ、ヒジキか。思い出した。……えっ、あのすごく人懐《ひとなつ》こかったヒジキが!?」

「ちょっと、やだ、黒猫の祟りなんて怖すぎるんだけど……」

江美子が顔をしかめる。

祥明に黒猫情報を流しておきながら、堂々としらばっくれるなんて、江美子さんは見かけによらず演技派なんだな、と、瞬太は舌をまいた。

「黒猫は商売繁盛なのよって母さんは言ってたのに、まさか祟るなんて……！」

「祟っているわけではないようですが、キッチン宮本に新しい女性が来ることを嫌がってますね。郁子さん、あなたは美保さんが金目当てなのが気に入らないと言っていましたが、実のところ、お父さんが美保さんにぞっこんなのが気に入らなかったんじゃないですか？」

祥明の問いかけに、郁子はうつむく。

「そうかもしれません……。父が鼻の下をのばしきったツーショット写真を送ってきた時には、はらわたが煮えくりかえる思いで携帯を壁に投げつけたんですけど、今にしてみると、何であんなに腹が立ったのか……」

「郁子……」

マスターは戸惑い顔で目をしばたたいている。

「黒猫の仕業ですね。動物の霊、特に猫は好き嫌いが激しいという説があります。真弓さんも普段はもっと冷静な方なのではありませんか？」

「たしかに、あんなふうに怒鳴りちらす義姉《あね》は初めて見ました」

「霊のやったことです。真弓さんを許してあげてください」

「許すも許さないも、あたしもかっとしてひどいこと言っちゃったし……。父さんにも……。ごめんね、父さん、ものすごく死んだ母さんがかわいそうに思えて、ついあんなこと言っちゃったんだけど……まさかヒジキの霊のせいだったなんて……」

「いや、おかげで美保の本心が聞けて目が覚めた。おれは父親代わりだったんだってな……。男として惚れられてるなんて、とんだ勘違いだったよ」

ははは、と、マスターは自嘲気味に乾いた笑いをうかべた。

「しっかりしてください、きっかけなんてどうでもいい、そう言ったのはあなたですよ、宮本さん」

「えっ？」

祥明に突然はげまされ、マスターは小さな目を見張る。

「本気で美保さんのことが好きなら、何度でもチャレンジすべきです。ご希望とあれば、プロポーズに最適の吉日と方角を占いますよ」

「陰陽屋さん……！」

マスターの顔にじわじわと生気が戻り、背筋が伸びる。

「まずは明日からの営業再開にむけて、猫のお祓いを頼むよ」

「かしこまりました」

祥明は得意の営業スマイルでうなずいた。

その日祥明は、ようやく料金を受け取ることができた。美保と別れさせることに成功したことへの報酬ではなく、お祓いの料金であったが。

九

お客さんたちを見送った後、祥明はぐったりとテーブルにつっぷした。

「大丈夫か？」

「疲れた……。キツネ君、お茶」

祥明が自分のためにお茶を要求するのは珍しい。本当に疲れているのだろう。

瞬太は湯呑みにお茶をいれて、テーブル席に運んだ。

「お茶置くよ」

「一杯だけじゃない。二杯用意してくれ」

「え？」

何だろう、おれは別にお茶なんか飲みたくないけど、と、思いながら、もう一杯お湯をそそいでいると、階段をおりてくる靴音が聞こえてきた。

「あれ、この靴音は……」

いぶかしく思いながらも、入り口の黒いドアをあける。

階段をおりてきたのは、さっき帰ったばかりの郁子だった。

「何か忘れ物？」

「いえ、ちょっと陰陽師さんにお話が……」

「いらっしゃると思っていました。どうぞこちらへ」

祥明が立ち上がって、テーブル席へ郁子を招く。

お茶をもう一杯というのは、郁子のためだったらしい。瞬太はあらためて郁子にお茶をだす。

「ありがとうございました。何とか父も立ち直れそうです」

郁子は祥明に頭をさげた。

「郁子さんの黒猫情報のおかげですよ」

「ヒジキに悪いことしちゃいました」

「えっ、黒猫の話は郁子さんから聞いてたの？」

「午前中、キツネ君が学校に行っている間に、一度郁子さんに来てもらったんだ」

「そうだったのか。てっきり江美子さん情報かと思ってたよ」

「最初はお母さんが祟っていることにするつもりだったんだが、郁子さんから、そんな恐ろしい話を聞いたら、お父さんが二度とお店を開けなくなるから、猫の祟りにかえてくれって頼まれたんだ。それに江美子さんは、演技をさせたら、やりすぎになりそうな気がするし」

「じゃあ左肩がこってるのも、郁子さんから？」

「右ききの人は左肩がこってることが多いんだ」

キッチン宮本に行った時、右手で包丁を持っているのをチェックしておいたのだという。

だが、情報収集のためだけに、郁子をよんだわけではないらしい。

「あたし、陰陽師さんに、同じファザコン仲間として、美保さんを許してあげたらどうですかって言われたの。すごくびっくりしたわ」

「へ？　郁子さん、あんなにマスターと大げんかしてたのに、ファザコンだったたの？」

「本当に父親のことが嫌いだったら、再婚しようが店を続けようがどうでもいいはずだろう？　あそこまで腹を立てるのは、父親が自分以外の女にうつつをぬかしているのに、やきもちをやいているせいだと考えた方が自然だからな」

祥明の説明に、郁子は恥ずかしそうにうなずいた。

「最初は、そんな馬鹿なって思ったけど、落ち着いて考えてみたら、その通りだったの」

両手ではさんだ湯呑みを見つめながら、郁子は苦笑する。

「父親の再婚相手にやきもち……？」

「だって父は昔から本当にあたしには甘くて、おねだりしたものは何でも買ってくれたし、旅行の時もあたしの写真ばっかりとってたし、商店街の慰安旅行でもあたしにだけお土産を買ってきてくれてたのよ。結婚が決まった時も、あんな馬の骨が嫌になったらいつでも帰ってきていいんだぞ、なんて言ってた。それくらいあたしにぞっこんだったくせに、今回に限って、あたしの反対を押し切って再婚しようとしたから、本当に腹が立ったわ」

「ふーん……？」

瞬太はわかったような、わからないような話に首をかしげた。

父と娘というのは、たいていそういうものなのか、それとも、宮本家だけが特別なのだろうか。

「でも今日、おかあさんの祟りじゃないかって話がでた時、父が冷や汗かいて怖がってたでしょ？」

江美子さんはおしどり夫婦で有名だったなんて言ってたけど、実は恐妻家だったのよね、と、郁子はおかしそうに笑う。

「あれで溜飲《りゅういん》がさがったから、再婚は認めてやるつもりよ。ま、美保さんがうんと言ったらだけど」

「またマスターが何か郁子さんの逆鱗《げきりん》に触れるようなことをしでかした時は、お母さんの霊を呼びだすとしましょう」

祥明が扇をひらいてにっこり笑う。

「そうします。本当にありがとうございました」

郁子は今度こそ埼玉の自宅へ帰っていったのであった。

「久々にお祓いなんかやって疲れたし、今日は早じまいするか」

祥明はけだるげに、閉じた扇で自分の肩をたたく。

「どうせいない黒猫のお祓いだろ」

「いやいや、おれたちに見えなかっただけで、何かいたかもしれないだろう？」

相変わらずいいかげんな仕事ぶりである。

でも結局、今回だって、祥明の郁子に対する観察眼や説得力のおかげで、丸くおさまったんだよなぁ。

「頼りになって」という三井の言葉を思い出して、悔しい思いをする瞬太であった。


十二月に入り、昼間もコートが必要な寒い日が続くようになった。

王子で十二月といえば、毎年、大晦日におこなわれる狐の行列だ。駅や大通りに黄色い提灯がかかげられ、街中がそわそわした空気につつまれる。

とりわけご機嫌なのは、十一月下旬にひらかれたガンプラ選手権で国内三位に入賞した吾郎である。さすがに初挑戦で世界決勝にまでは手が届かなかったが、国内三位でも大変な名誉なのだ。

一方、表情がさえないのは上海亭の江美子だ。

「マスターはすっかり元気になった上に、ちょっと格好良くなったわ。定休日なんて、大きな花束を抱えて、いそいそと銀座に通ってるのよ。あたしとしては複雑だけど……」

いつものように祥明に手相をみてもらいながら、江美子はぼやき続ける。

「マスターって、奥さんが亡くなってどっと老け込んじゃったんだけど、昔はなかなか男前だったのよ。あたしなんかファンクラブの会長だったんだから」

「だから郁子さんと一緒に再婚に反対してたんですか？」

「実はそうなのよ。でもあの調子だと再婚も近そうね。あーあ、つまらないの」

自分でマスターを立ち直らせてくれと頼んでおきながら、まだ未練がましい江美子の顔を祥明はのぞきこんだ。きゅっと手をにぎって耳もとに顔をよせる。

「ちょっと妬《や》けますね。江美子さんはてっきり私のファンクラブ会長をつとめてくださっていると思っていたのですが……」

久々のホストモード発動に瞬太はぎょっとする。見ている方が恥ずかしい。もちろん耳もとでささやかれている江美子も恥ずかしいのだろう、顔も首も真っ赤である。

「も、も、もちろんよ、決まってるじゃない！　宮本さんなんてもう、再婚でも再々婚でも何でもすればいいのよ！」

江美子がうわずった声で答えると、祥明はさわやかな営業スマイルをうかべた。

今日の占いもお客さまに満足していただけたらしい。

十

十二月も中旬に入った、期末試験直前の土曜日。

午後のホームルームが終わったばかりの教室は、生徒たちでごったがえしている。

「今日は部活休みだから一緒に帰れるよ」

三井《みつい》に声をかけたのは倉橋《くらはし》だ。

「本当に？　怜《れい》ちゃんと帰るの久しぶりだね」

三井はマフラーをまいて立ち上がった。二人並んで校門にむかって歩きはじめる。

「どうせならうちでお昼も食べていかない？」

「いいの？」

「ありあわせだけどね。春菜《はるな》が来ると兄さんたちも喜ぶし」

倉橋には三人も兄がいるのだ。

「そういえば双子のお兄さんたちには彼女できたの？　まえ陰陽屋さんで占ってもらったって言ってたけど」

「さあ、知らない。興味ないし。ああでも、誰かがクリスマスに勝負をかけるとか何とかさわいでた気がする」

「そっか、期末試験が終わったらクリスマスだね」

そう言った後、三井はしばらく黙り込んだ。

商店街のウィンドウもいつのまにかクリスマスの飾りつけになっている。色とりどりの電飾、ツリー、サンタ、トナカイのオーナメント、綿やスプレーでつくった雪。

「クリスマスがどうかしたの？　またお父さんとお母さんが冬山にでかけるなら、うちにおいでよ」

「あ、ううん、今年は二人とも東京にいるみたい。去年陰陽屋の店長さんに厳しく言われたのがこたえたみたいで、クリスマスと誕生日は何とかしようって二人で話し合ったんだって。もうそんな子供じゃないんだけどね」

三井は苦笑する。

「じゃあ、何？　もしかして春菜もクリスマスに勝負をかけるとか？」

「……勝負っていうか……その、狐の行列を一緒に歩いてくださいって、お願いしてみようかと思って……」

三井の頬がほんのり桜色に上気する。

「店長さんと一緒に？　もれなくキツネがついてくるから三人になっちゃうよ」

「そっか……そうだね」

ふふふ、と、三井は困ったような笑みをうかべる。

「ちゃんと好きって言った方がいいのかなぁ……」

「あれ？　告白はしないんじゃなかったの？」

「うん……」

今度こそ黙り込んでしまった三井の傍《かたわ》らで、倉橋は無表情のまま歩きつづけた。


同じ頃。

上海亭でお昼を食べた瞬太たちは、王子稲荷神社まで足をのばしていた。イチョウの大木はクリーム色に染まり、紫陽花《あじさい》はもう葉を落としている。境内《けいだい》の下にある幼稚園からは、おむかえ待ちの子供たちの楽しそうなはしゃぎ声が響く。

瞬太は拝殿の前に立つと、力一杯ひもをひっぱって鈴を鳴らし、なけなしの十五円を賽銭箱《さいせんばこ》に投げ入れる。

「無事にハワイに行けますように」

両手をあわせて深々と頭をさげた。

修学旅行までいよいよあと一ヶ月なのである。

「彼女ができますように」

瞬太の隣でお願いしているのは江本《えもと》である。

ここでやめておけばよかったのだが、おだやかな良いお天気だったし、瞬太たちはつい、鳥居の列をぬけて、御石様にむかってしまった。

王子稲荷には漬け物石くらいの大きさの石があり、軽々と持ち上がれば願いは叶うとされている。女性だとなかなか持ち上がらなかったりするのだが、男子高生にとってはちょろいものだ。通常は。

まずは高坂《こうさか》が「次号の校内新聞も無事に発行できますように」と、無難なお願いをして、すっと胸の高さまで持ち上げた。

瞬太は再び「無事にハワイに行けますように」とお願いして、ふかふかの座布団と石の間に手をさし入れた。

「えっ!?」

重い……おそろしく重い。

いくら腕に力を入れても、一センチ持ち上げるのが精一杯である。

「こ、これって一体……ハワイで何が……？」

真っ青になって瞬太は後ろを振り返った。友人たちが困り顔をしている。

「そもそもハワイ行けないいんじゃねーの？」

岡島《おかじま》の不吉な言葉に瞬太はギクリとする。

実は昨日も井上《いのうえ》先生に「期末試験の結果次第では落第ですよ」と脅《おど》されたばかりである。十二月にもなって今さら落第はないだろうとたかをくくっていたのだが、ひょっとして……。

「そうだ、おみくじひいてみようぜ」

気分をかえさせようと、江本が誘ってくれた。

だが。

「……凶だ……」

おみくじに大きく書かれた文字に瞬太は凍りついた。

「しかも、旅行《たびだち》、難ありだって」

横からのぞきこんだ岡島《おかじま》が、ブハッ、と、ふきだす。

「くくって帰れば大丈夫だよ」

高坂が放心状態の瞬太の手をひいて、結び所まで連れていってくれた。瞬太は凶のおみくじを、たどたどしい手つきでくくりつける。

「も、もう一度お参りしておこうか」

責任を感じたのか、江本《えもと》が言いだした。

瞬太は、こくん、と、うなずく。

パン、パン、と、手を打って、お賽銭をいれた。さっきは十五円だったが、みんなから小銭をかりて四十五円に増額する。

お願いします、ハワイに行かせてください。

なにとぞ、なにとぞ……！

深々と瞬太は頭をさげたのであった。

参考文献

『現代・陰陽師入門　プロが教える陰陽道』（高橋圭也／著　朝日ソノラマ発行）
『安倍晴明　謎の大陰陽師とその占術』（藤巻一保／著　学習研究社発行）
『陰陽師列伝　日本史の闇の血脈』（志村有弘／著　学習研究社発行）
『陰陽師』（荒俣宏／著　集英社発行）
『陰陽道　呪術と鬼神の世界』（鈴木一馨／著　講談社発行）
『陰陽道の本　日本史の闇を貫く秘儀・占術の系譜』（学習研究社発行）
『陰陽道奥義　安倍晴明「式盤」占い』（田口真堂／著　二見書房発行）
『鏡リュウジの占い大事典』（鏡リュウジ／著　説話社発行）
『野ギツネを追って』（D・マクドナルド／著　池田啓／訳　平凡社発行）
『狐狸学入門　キツネとタヌキはなぜ人を化かす?』（今泉忠明／著　講談社発行）
『キツネ村ものがたり　宮城蔵王キツネ村』（松原寛／写真　愛育社発行）

この巻の執筆にあたり、陰陽師、とくに雷公式占についてご教示くださった陰陽道研究の高橋圭也先生に深く感謝申し上げます。

本書は、書き下ろしです。

よろず占《うらな》い処《どころ》 陰陽《おんみよう》屋《や》猫《ねこ》たたり
天《あま》野頌子《のしようこ》

2014年7月5日初版発行

発行者……奥村 傳
発行所……株式会社ポプラ社
〒160-8565 東京都新宿区大京町22-1
電話……03-3357-2212(営業)
03-3357-2305(編集)
0120-666-553(お客様相談室)
ファックス……03-3359-2359(ご注文)
振替……00140-3-149271
フォーマットデザイン 荻窪裕司(bee's knees)
印刷・製本 凸版印刷株式会社

ポプラ文庫ピュアフル

ホームページ http://www.poplarbeech.com/pureful/

N.D.C.913/311p/15cm
ISBN978-4-591-14076-5